보 내 는 마 음

보 내 는   마 음

서유미 짧은 소설

마음산책

서유미

2007년 『판타스틱 개미지옥』으로 문학수첩작가상을, 『쿨하게 한 걸음』으로 창비장편소설
상을 수상하며 작품 활동을 시작했다. 소설집 『당분간 인간』 『모두가 헤어지는 하루』
『이 밤은 괜찮아, 내일은 모르겠지만』 『밤이 영원할 것처럼』, 장편소설 『당신의 몬스터』
『끝의 시작』 『틈』 『홀딩, 턴』 『우리가 잃어버린 것』, 산문집 『한 몸의 시간』이 있다. 2023년
김승옥문학상 우수상을 받았다.

보내는 마음

1판 1쇄 인쇄   2025년 2월 25일
1판 1쇄 발행   2025년 3월 1일

지은이   서유미
펴낸이   정은숙
펴낸곳   마음산책

담당 편집   이하나
담당 디자인   한우리
담당 마케팅   권혁준·최예린
경영지원   박지혜

등록   2000년 7월 28일(제2000-000237호)
주소   (우 04043) 서울시 마포구 잔다리로3안길 20
전화   대표 | 362-1452 편집 | 362-1451 팩스 | 362-1455
홈페이지   www.maumsan.com
블로그   blog.naver.com/maumsanchaek
트위터   twitter.com/maumsanchaek
페이스북   facebook.com/maumsan
인스타그램   instagram.com/maumsanchaek
전자우편   maum@maumsan.com

ISBN   978-89-6090-918-2 03810

가깝다고 다정한 것도 아니고
멀리 있다고 무정한 것도 아니었다.

작가의 말

짧은 소설 열 편과 단편소설 두 편을 책으로 묶게 되었습니다. 월간 〈채널예스〉에 연재했던 짧은 소설 여섯 편이 이 소설집의 시작이 되었습니다.

소설 속에는 상실과 모욕, 모멸의 순간을 지날 때마다 상처받은 마음을 주머니 안에 넣어두는 인물들이 나옵니다. 저도 삶의 다양한 순간에서 생기는 마음의 조각들을 모아두곤 합니다. 그것들은 눈송이처럼 금세 녹아버리기도 하고 돌멩이처럼 둥근 모양으로 가라앉아 있기도 하고 반딧불이처럼 환하게 제 안을 떠돌기도 합니다. 짧은 소설을 쓰면서 그 조각들을 자주 꺼내보았습니다.

네 번째 소설집 『밤이 영원할 것처럼』보다 먼저 쓴 소설들인데 나중에 묶게 되어 걱정이 많았습니다. 이대로 내도 좋을까, 주저할 때마다 용기를 불어넣어주신 이하나 편집장님께 감사의 마음을 전합니다. 다음에는 좀 더 나아가보겠습니다.

소설집의 제목을 '보내는 마음'으로 정하고 나서 좋았습니다. 누군가를 떠나보내고 무언가를 버리며 걸어가는 사람들의 마음. 그것이 제가 오래 만지작거린 조각이었습니다. 거기에 기대어 책으로 묶을 용기를 낼 수 있었습니다. 이제 그 마음을 당신에게 보냅니다.

봄을 맞이하며,

서유미

차례

의지할 것 없는 세계에서 고요히 자신을 끌어안은 사람들.
많은 것을 잃었지만 다 잃지 않은 사람들의 얼굴이
거기 있었다.

돌보는 사람

아침에 일어나자마자 미주는 따뜻한 물을 한 잔 마셨다. 작년까지만 해도 공복에 찬물을 마시는 순간 잠이 깨는 짜릿한 기분을 즐겼는데 호되게 앓은 뒤로 습관을 바꾸었다. 간단하게 씻은 다음에는 홍삼 엑기스와 함께 유산균을 한 알 삼켰다. 땀 흡수가 잘되는 티셔츠를 입고 선크림을 꼼꼼히 바르면 출근 준비가 끝났다.

템포가 빠른 음악을 들으며 환승역까지 부지런히 걸었다. 따로 운동할 시간을 내기 힘들어서 출퇴근길에 20~30분씩 빠르게 걷기 시작한 것도 1년 전부터 들인 습관이다. 처음에는 운동화를 따로 챙겨 다녔지만 점차 구두에서 밑창이 두툼한 플랫슈즈나 운동화로 바꿔 신고 출발했다. 사무실에 도착해서 갈아입을 옷만 준비했다.

공기가 선선해지고 나뭇잎의 색이 변하는 걸 보니 가을이 깊어지고 있었다. 출퇴근길에 피부와 호흡으로 계절의 변화를 느낄 때면 살아 있다는 것, 무사히 살아서 밥벌이를 하고 있다는 것이 실감 났다.

회사에 도착하면 긴 공복을 유지하기 위해 점심까지 물만 마셨다. 간헐적 단식이 몸에 붙기까지 시간이 걸렸지만 이제는 속이 빈 느낌을 즐기게 되었다. 몸이 가벼우니 일할 때 집중력도 높아지는 것 같았다. 미주는 서랍 두 번째 칸 오른쪽에 비타민과 유산균, 홍삼, 효소를, 왼쪽에는 두통약, 소화제, 위장약, 파스를 넣어두었다. 가방 안의 파우치에도 약과 영양제를 챙겨 다녔다. 수미가 보면 어지간하다는 표정을 지으며 웃을 것이다. 지난해 원룸에 놀러 온 수미는 싱크대 서랍 한 칸을 차지한 건강보조식품과 상비약을 보고 완전히 약국이네, 하며 놀랐다. 수미의 싱크대 옆 수납장에는 고양이 사료와 캔이 잔뜩 들어 있었다. 수미는 자기를 위해 종합비타민 하나 사 먹지 않으면서 가방 안에 사료와 츄르 넣는 걸 잊지 않았다. 미주는 수미에게 네가 사는 방식을 응원하지만 건강도 좀 챙기면서 살라고, 이제 우리는 청춘이 아니라고 얘기했다.

미주는 평소에 자주 접속하는 쇼핑몰에 들어가서 수미의 생일 선물을 골랐다. 작년에 선물했던 비타민과 유산균보다 좀 더 비싼 것으로 주문했다.

사십대 초반까지 미주의 삶에서 건강은 주목받아본 적이 없었다. 대학을 졸업하자마자 취업과 독립에 전력을 다했고 연애는 참고서나 문제집의 한 챕터가 끝날 때마다 나오는 미로 찾기나 숨은그림찾기처럼 이따금 등장했다가 다음 페이지에서 사라졌다. 원룸을 얻어 직장 생활을 하는 동안 값은 싸고 양이 많은 음식을 먹으며 지냈고 비타민이나 영양제는 챙기지 않았다. 2년에 한 번 정도 감기 몸살을 심하게 앓긴 했어도 약을 먹고 푹 자면 괜찮아졌다. 가진게 별로 없는 인생이지만 건강해서 버틸 수 있었다.

작년 가을 외근을 나갔다가 점심으로 비빔밥을 먹은 날이었다. 사무실로 복귀하는 동안 속이 울렁거리고 식은땀이 났다. 오후에 책상에 앉아 보고서를 작성하다가 화장실에 가서 전부 토했다. 과음이나 숙취와 상관없이 토한 게 처음이라 어리둥절했다. 약이든 물이든 먹기만 하면 토해버려서 퇴근 시간까지 빈속으로 버텼다. 구토가 가라앉자 머리가 지끈거리며 몸에서 열이 났다.

집에 오는 길에 약을 지어 와서 먹고 바로 누웠다. 오한이 나고 온몸이 떨리는데 약기운이 도는 느낌이 들지 않았다. 잠깐 잠이 들었다가도 속이 쓰려 깨고 열 때문에 끙끙거리며 뒤척거렸다. 입이 바싹 마르는데 손 하나 까딱할 힘이 없어 물도 마시러 가지 못했다. 푹 자면 나을 것 같은데 자다 깨기를 반복하다 아침이 되어서야 겨우 잠이 들었다. 모든 것이 지워지는 죽음과도 같은 잠이었다.

눈을 뜨니 오후 1시였다. 잠든 동안 알지도 못하고 기억도 나지 않는 아주 먼 곳으로 떠났다가 방으로 돌아온 것 같았다. 침대에 앉아서 오후 햇살이 비치는 창밖을 가만히 보고 있는데 몸이 구겨진 신문지 같았다. 무단결근을 했다는 인지나 초조함이 끼어들 틈이 없었다. 이런 몸으로라도 깨어났다는 안도감이 공기 중으로 천천히 내려앉아 피부에 닿았다.

현실감을 회복하니 휴대폰 진동하는 소리가 맹렬하게 느껴졌다. 미주는 겨우 움직여 가방 안의 휴대폰을 꺼냈다. 부재중전화 다섯 통과 그보다 많은 메시지가 쌓여 있었다. 팀장님, 으로 시작하는 메시지와 양 팀장, 전화도 안 받고 무슨 일이야, 위에 미주야, 이름을 부르는 메시지가 가만히 얹혀 있었다.

—미주야. 같이 점심이나 하자고 전화했어. 바쁘면 다음에 먹자.

수미의 걸걸한 목소리가 들리는 듯했다. 메시지와 함께 수미의 반려묘 룰루와 랄라의 사진이 여러 장 담겨 있었다. 무언가 요구하거나 어떻게 된 거냐고 묻지 않고 다정하게 자신의 이름을 부르는 메시지를 오래 들여다보았다.

두 달 뒤 연달아 야근을 하고 난 다음 날이었다. 미주는 또 앓아누웠다. 수미와의 점심 약속도 계속 미룰 정도로 바쁜 나날이 이어졌다. 새벽이 지나 아침이 될 때까지 잠들지 못한 채 늘어져 있다가 병원에 가서 링거를 맞았다. 병원 침대에 누워 규칙적으로 떨어지는 수액을 보며 시간이 과거 속으로 하염없이 사라진다고 생각했다. 마흔 살이 넘었다는 건 산 날보다 살 날이 더 짧을 수 있다는 의미였다. 싱글 라이프는 단지 혼자 사는 게 아니라 스스로 보호자가 되어 자기 삶을 챙기며 사는 건데, 하루하루 때우는 식으로 버틸 뿐이었다.

회사와 원룸을 오가는 자신의 삶이 사무실 한구석에 방치된 화분 속 식물 같다는 생각이 들었다. 누가 갖다 놨는지 언제부터 거기에 있었는지 알 수 없는 오래된 화분. 물과 햇빛은 부족하거나 지나치기 일쑤고, 분갈이나 영양제도 없이 누런 잎이 눈에 띄면 물을 왕창 부어버린 뒤 다시 방치해버리는 화분 속 식물. 양분을 다 빨아들여서 토양이 척박해졌고 뿌리를 뻗어갈 자리도 남지 않아 이대로 얼마나 더 버틸 수 있을지 알 수 없는 존재. 아무도 돌보지 않는 식물이 된 것 같았다.

병원에서 나오며 수미에게 '시간 괜찮으면 주말에 같이 저녁 먹을까?' 메시지를 보냈다.

—답을 일찍도 보낸다.

그동안 바쁘기도 하고 좀 아팠다고 하자 수미가 주말에 죽을 끓여 왔다. 죽도 배달시킬 수 있는 시대에 직접 끓여 그릇에 담아 오는 마음이 진귀하게 느껴졌다. 야채죽을 먹으며 수미는 반려 고양이 룰루와 랄라에 대해 얘기했고 미주는 홍삼 엑기스와 눈 영양제를 주문했다고 털어놓았다.

"요즘은 해독 주스도 만들어 먹어."

"웬일이야."

수미는 놀라더니 동네에서 보살피던 고양이가 죽은 사연과 그 고양이의 새끼들이 건물과 건물 사이의 좁은 틈에서 울어서 구조하는 데 어려움을 겪었다는 얘기를 들려줬다. 수미는 주중에는 생계를 유지하는 일을 하고 주말에는 유기 동물 보호 센터에서 봉사자로 활동했다.

"넌 언제 쉬냐. 네 몸도 좀 챙겨."

미주의 말에 수미는 이게 쉬는 거야, 하며 장난스럽게 웃었다.

"그럼 먹는 거라도 챙겨. 우리 나이엔 이런 거 먹어야 된대."

'종합비타민 먹어? 유산균은?' 하고 묻는 미주의 말에 수미는 대답 없이 눈만 끔벅거렸다. '생일 선물로 몇 개 주문했어. 잘 챙겨 먹어.' 미주는 자신의 주문 내역을 보여주며 당부했다. 그러자 수미가 그런 거 말고 딴 선물 줘, 하면서 동영상을 내밀었다. 털이 꼬질꼬질하고 겁먹은 눈동자의 고양이가 등장했다. 자신이 고립과 배고픔에서 구조된 건지 인간들에게 습격을 받은 건지 판단이 서지 않는, 너무 기진해서 삶이나 죽음에 대한 감각을 잊은 듯한 생명체가 그 안에 있었다. 수미는 자신이 데려오고 싶은데 룰루와 랄라 외에 다른 고양이도 임보 중이라 어렵다고 했다.

"고양이 알레르기 없지? 잠깐만 맡아줘."

이번에는 미주가 대답 없이 눈을 끔벅거렸다. 굳이 알레르기의 방향을 따지자면 고양이보다는 돌봄 쪽이 더 힘들었다. 수미가 임시 보호라고, 입양이 결정되기 전까지만 돌봐주는 거라고 했다. 수미는 '임시'에 초점을 맞춰 설명했지만 미주는 '보호'에만 신경이 쓰였다.

사십대가 되자 결혼하지 않은 친구들, 아이가 없는 사람들도 다양한 형태의 돌봄 속으로 들어갔다. 아픈 강아지를 안고 이 병원 저 병원으로 뛰어다니고, 키우는 고양이가 소파와 의자를 망가뜨려도 웃어넘겼다. 여러 종류의 식물을 키우며 온도와 습도, 조도를 고려해 가구 배치를 바꾸었다.

미주는 잠들 때면 하루를 무사히 마감했다는 안도감과 이런 삶이 언제까지 지속될까, 라는 불안 속에 덩그러니 남겨졌다. 그 불안은 미주를 양쪽에서 끌어당겼다. 왼쪽에는 아침에 출근해서 하루의 대부분을 돈 버는 일에 써버리고 저녁에 돌아와 밥을 먹고 쉬다 잠드는 규칙적이면서도 고단한 삶이 끝나지 않을 것 같다는 공포가 놓여 있고 오른쪽에는 이 단조로운 삶마저 예고 없이 툭 끊어질지 모른다는 두려움이 버티고 있었다. 미주는 왼쪽 공포와 오른쪽 두려움의 팽팽한 줄다리기를 느끼며 잠들거나 불면으로 넘어갔다. 불면이 지속될 조짐이 느껴지면 수면유도제를 삼켰다. 왼쪽으로 쏠리지 않기 위해 연금과 적금을 부었고 오른쪽으로 끌려갈까 봐 부지런히 걷고 몸에 좋은 걸 챙겨 먹었다. 그러는 동안 왼쪽과 오른쪽 모두를 포함한 게 인생임을, 차츰 깨달아갔다.

미주는 혼자에 집중했고 남에게 폐 끼치면 안 된다고 믿었다. 누군가의 도움을 받아야 하는 처지에 놓이는 상상만으로도 고통스러웠다. 독거노인이 되는 데 거부감은 없지만 고독사는 두려웠다. 처참한 상태로 발견되지 않으려면 조금이라도 건강한 때 자신의 힘으로 쇠약해진 육체를 어딘가에 의탁할 수 있어야 했다.

수미는 대학 시절부터 미주를 챙겼다. 고향 집에서 소포를 보내오면 친한 친구 두셋을 자취방으로 초대했다.

—저녁 먹으러 내 방으로 와.

수미는 뜨끈한 밥을 지어 엄마가 보내준 김치, 반찬과

상 위에 차려놓았다. 같이 둘러앉은 친구들은 한둘씩 바뀌어도 미주는 빠지지 않고 그 자리에 함께였다. 대학을 졸업할 때까지 미주는 수미의 방에서 수없이 많은 밥을 얻어먹었다.

수미는 미주뿐 아니라 주변 사람들을 잘 살폈다. 학교와 고향, 아르바이트하는 곳의 친구들을 챙겼고 주말에는 봉사활동도 다녔다. 나이가 드니 사람도 좋지만 고양이에게 자꾸 마음이 간다고 했다. 그래서 보호 센터에서 룰루와 랄라를 차례로 입양했고 고양이들과 살다 보니 다른 고양이들에게도 애틋한 감정이 커졌다.

수미가 보내는 룰루와 랄라의 사진이 미주와 수미 사이를 좀 더 끈끈하게 연결했다. 그 덕분에 생일을 잊지 않고 챙겼고 사소한 안부를 주고받으며 지냈다. 수미의 사진들 중에는 안락사를 앞둔 동물들도 있었다. 이름과 나이, 성별, 특징이 적혀 있는 사진이었다.

미주의 완곡한 거절에도 수미의 사진은 정기간행물처럼 도착했다. 미주는 스치듯 보았다. 어떤 마음을 갖게 될까

부담스러웠다. 수미는 밤과 노년의 시간이 두렵지 않을까. 수미는 그런 걱정이 없거나 그런 걱정에 매이지 않는 사람처럼 보였다. 일단 구하고 일단 도왔다. 손과 발이 여럿인 듯 일을 벌였고 해결하려 애썼다. 그러다 안 되는 건 자기처럼 도움의 마음이 넉넉한 사람들에게 부탁했다. 돌봄을 이어가는 수미의 삶이 경이로웠다.

"언제라도 키울 마음이 생기면 얘기해. 잠깐만 돌봐줘도 괜찮고."

수미가 진지한 얼굴로 죽을 다 먹은 그릇에 물을 부었다.

일주일 뒤에 미주는 생일 선물로 홍삼 엑기스와 눈 영양제를 건넸다. 고양이 부탁 못 들어줘서 미안하다는 말에 수미가 괜찮다며 웃었다.

"인연이 따로 있더라고. 네가 인연일지도 몰라서 말해본 거야."

"수미야. 근데 너도 좀 돌보면서 살아."

"고마워. 미주야. 나한테는 이게 나를 돌보는 거야."

수미가 구조된 고양이 사진과 동영상을 보내온 뒤로 길을 걸을 때면 자동차 밑으로 들어가거나 담장 위를 걸어가거나 지붕 위에 웅크리고 있는 고양이가 눈에 띄었다. 길에서 사는 고양이들은 어디에서 태어나고 어디에서 죽는 걸까. 어린 고양이를 본 적은 있지만 죽은 고양이는 본 적이 없었다. 미주는 홍삼이나 영양제를 구입할 때마다 수미에게 사룟값을 조금씩 부쳤다. 돈을 보낸다는 건 노동의 대가를 나눈다는 의미였으므로 미주에겐 진심과 연결된 행동이었다.

'월급 탔어, 맛있는 거 먹자'라고 메시지를 보내자 수미가 '얘 기억나?' 하며 사진을 보냈다.

두 발을 모으고 서 있는 고양이는 표정이 늠름하고 털에 윤기가 흘렀다.

—저번에 구조했던 그 고양이야. 너한테 보여줬잖아.

돌봄과 보살핌을 받은 고양이는 완전히 다른 생명체 같았다.

—어때. 보고 있으니까 기운이 막 솟아나지.

그러네, 라고 답을 보내면서 미주는 어쩌면 자신도 수미가 돌보는 고양이 중 한 마리가 아닐까, 생각했다. 커다란 손이 등을 가만히 쓰다듬는 것 같아 이내 따뜻해졌다.

무너지는 순간

행어가 무너졌다.

자다가 쿵 소리에 놀라 눈을 떴고 지진이 났나 싶어 어둠 속에서 두리번거렸다. 소리가 더 이어지지 않아서 조심스레 방 밖으로 나갔다. 거실 겸 부엌의 불을 켠 뒤 화장실을 살펴봤고 옷방 문을 열어보고서야 무슨 일이 일어났는지 알게 되었다. 벽 쪽에 세워둔 2단 행어가 무너졌다.

새벽 2시에 방은 옷들의 무덤이 되어버렸다. 누군가 뒤에서 밀어버린 듯 행어는 앞으로 고꾸라졌고 옷걸이에 걸린 옷들은 바닥에 널브러졌다. 나는 잠이 덜 깬 상태에서 무질서하게 엉켜 있는 옷 더미들을 바라보았다. 놀라서 입이 벌어졌지만 소리는 내지 않았다. 한숨과 탄식이 몸 안을 분주히 떠돌아다녔다. 덩어리진 옷들이 하나하나 인식되면서 현실감이 돌아왔다. 나는 가만히 서 있다가 눈에 띄는 옷만 몇 벌 건져낸 뒤 불을 끄고 문을 닫았다. 옷들이 다 구겨질 줄 알면서도 차분히 앉아 정리할 기분이 들지 않았다. 침대에 누워 눈을 감자 내 속에서도 무언가 무너져 내렸다.

　너는 내가 아니라 옷하고 같이 사는 것 같아.
　지난주 토요일에 은색 트렁크를 꺼내 자신의 물건들을 챙기면서 K가 말했다. 지난번보다 말투나 행동이 침착했다. 나는 K의 뒤에 서서 그가 하나도 빠짐없이, 쓰던 칫솔까지 집어넣는 모습을 지켜보았다. 반년 전에는 면도기와 슬리퍼는 두고 갔는데 이번에는 빨래통 안에 든 셔츠까지 챙겼다. 나는 정말 가는 거냐고, 한 번 더 생각해볼 수 없느냐고 묻는 대신 그렇게 많진 않은데, 라고 중얼거리고 말았다. K는 잠깐 손을 멈추었지만 나를 쳐다보지는 않았다.

그럴 줄 알았다는 듯 고개를 끄덕이고는 다시 짐을 챙길 뿐이었다.

이제 잔소리하는 사람 없으니까 마음대로 하면서 살아.

K는 차분하게 말한 뒤 현관문 밖으로 나갔고 도어록이 잠기는 소리가 났다. 나는 한동안 문 앞에 서 있었다. K가 또 떠났고 이번에는 돌이킬 수 없으리라는 예감이 들었다.

K가 떠나던 날에도 행어는 제법 휘어져 있었지만 쓰러질 정도는 아니었다. 윗단에 걸려 있던 옷들을 K가 챙겨 갔기 때문에 오히려 약간 여유 공간이 생긴 상태였다. 나는 K의 물건이 빠져나간 자리를 눈으로 훑어보았다. 철제로 된 2단 행어는 원래 쓰던 옷장의 옷걸이 봉이 부러지는 바람에 반년 전에 급하게 주문한 것이다. 조립하면서 튼튼하진 않다고 느꼈지만 반품하고 다시 주문하기에는 시간이 부족했다. 옷걸이에 걸려 있다가 추락한 옷들이 워낙 많기도 했고 K가 집에 돌아오기로 했던 터라 짐을 빨리 정리해야 했다.

K가 돌아와 같이 사는 반년 동안 행어는 천천히 옆으로

휘어지고 앞으로 기울었다. 아침에 옷을 꺼낼 때마다 오늘까지만 버텨줘, 하는 마음으로 집을 나섰고 크고 튼튼한 행어를 주문해서 주말에 설치해야지, 다짐하며 회사에 도착했다. 사무실에서 모닝커피를 마시는 동안 휘어진 행어에 대한 걱정은 저만치 밀어두었다. 왠지 내일도 그런 상태로 잘 버텨줄 것 같았다. 거리와 사무실에서는 사람들이 입은 아름다운 옷에만 눈길이 갔다. K는 옆방 문을 열 때마다 행어가 많이 휘었다고, 저러다 쓰러지겠다며 걱정했다. 나는 K를 안심시키며 옷을 한 벌씩 몰래 사다 걸었다.

2년 전에 처음 같이 살기로 결정했을 때 K와 나는 돈을 모아 좀 더 큰 집으로 옮기기로 약속했다. 그러나 K의 일거리는 들쑥날쑥했고 나의 마이너스는 조금씩 늘어났다. 퇴근하면서 숄더백 안에 블라우스를 숨겨 오고 도시락 가방 안에 티셔츠를 감춰 오는 나를 보며 K는 그만 좀 사라고 소리를 질렀다. 연애를 시작할 때는 누나 진짜 멋쟁이야, 옷 입는 센스도 뛰어나고, 누나를 보고 있으면 감탄하게 돼, 라고 하더니 같이 살게 된 뒤로 이러다 옷에 깔려 죽겠다며 내다 버리라고 난리를 부렸다. 일이 없을 때 K는 며칠 동안 옷도 갈아입지 않았다. K와 나의 사랑은 밖에서 잘 차려입고 만날 때만 유지될 수 있는 감정이었는데 우리가 자신과 서로를 잘 모른 채 사랑을 과대평가한 것이었다.

네가 무슨 잘못이 있겠냐. 변하길 바란 내가 미쳤지.

반년 전에 K는 너는 약간 미친 것 같아, 라고 말하며 트렁크를 꺼냈는데, 반년 만에 목소리의 톤과 화살표의 방향을 바꾸어 다시 짐을 챙겼다. 나는 달라진 K를 보며 말없이 서 있었다. 싸우거나 따지고 싶지는 않았지만 체념하는 K보다는 소리 지르던 K가 나았다. 그래. 나는 옷하고 같이 살아. 거기에 너를 잠깐 끼워준 것뿐이야. 너도 사랑했으니까. 나는 그렇게 항변하고 싶었다.

볼품없는 사람이라서, 단지 나로 사는 데에도 언제나 용기가 필요했다. 이 세계에서 계속 살아가기 위해서는 이 보잘것없음을 가려주고 띄워줄 날개가 간절했다. 그게 하루만 지나면 사라져버릴 마법일지라도. 그걸 제대로 설명하지 못한 채 짐을 챙기는 K를 외면해버렸다.

반년 전에 옷과 돈과 수납공간 문제로 다투었을 때 K는 단단히 화가 났고 손에 집히는 대로 트렁크에 담더니 나가버렸다. 그때 나는 옷도 중요했지만 K도 사랑해서 빈자리를 견디기 힘들었다. K는 내가 전화와 메시지로 여러 번 사과한 뒤에야 돌아왔다. 우리는 처음 서로의 마음을 확인했던 와인 바에 앉아 화해의 시간을 가졌다. 돌아오지 않을까 봐 걱정했어, 라고 하자 K가 울먹이는 내 목소리에 마음이 움직였다고 했다.

네가 곁에 있으면 나는 달라질 수 있어. 그 말을 도저히 외면할 수 없었다고 말하는 K의 눈이 촉촉했다. 망가진 관계를 돌이키고 싶어서 했던 많은 말 중에 그런 말이 있었다는 것도, 그 말이 K를 건드렸다는 것도 몰랐다. 나는 가만히 고개를 끄덕거렸다.

K는 그 말이 진심이기를 바랐다고 했다. 그런데 반년 만에 다시 떠나면서 K는 고개를 저었다.

너는 변하지 않을 거야, 이제야 그걸 알게 됐어.

보내는 마음

서
유
미

'킨츠기(金継ぎ)'를 아시나요? 일본에서 유래한 도자기 수리 기법으로, 깨진 조각을 이어 붙이고, 금 간 선을 아름답게 보수하는 공예입니다. 어느 킨츠기 애호가는 "수선된 그릇은 새로운 얼굴이 되어 끊긴 이야기를 이어가지요"라고 말한 적이 있습니다. 서유미 작가의 짧은 소설을 읽으며, 영혼의 킨츠기가 있다면 이렇지 않을까 생각했습니다.

『보내는 마음』에는 평범한 사람들이 지닌 보통의 마음을 섬세하게 일별하는 열두 편의 소설이 담겨 있습니다. 서유미 작가는 누군가는 되돌릴 수 없다고 단념한 마음을 그대로 포기하지 않습니다. 돌봄의 고단함, 연인과의 이별, 직장 동료나 이웃과의 갈등처럼 누구나 일상에서 한번쯤 마주할 법한 상처들을 촘촘히 수선합니다.

『보내는 마음』 속에서 상실을 경험한 인물들은 바다로 향합니다. 이제까지 한순간도 멈춘 적 없는 파도 앞에서 '보내는 마음'은 곧 어딘가에 닿길 바라는 마음이기도 하다는 걸 깨닫게 하는 이 소설들이 독자님께도 살며시 가닿기를 바랍니다.

마음산책 드림

K가 떠나기 전까지 나는 옷장이 부족한 거라고, 저 옷들을 잘 걸어두고 아름다운 옷들을 새로 사기 위해서는 더 열심히 일해야 한다고 생각했다. 사람들은 모두 무언가에 기대어 살아가고 내게는 그것이 아름다운 옷일 뿐이었다. 그것에 몰두하는 스스로에게 죄책감을 느끼고 싶지 않았다. 그러면서도 K에게는 달라지고 싶다고, 달라질 수 있다고 말했다. 그래야 K를 붙잡을 수 있으니까.

쓰러진 행어를 확인한 뒤 새벽까지 뒤척이다 잠들었다. 네 번째 알람이 울린 뒤에야 겨우 일어났다. 새벽에 목격한 장면이 꿈이길 바라며 옆방 문을 열었다. 바닥 가득 퍼진 옷 더미를 확인하곤 멍하게 서 있었다. 누가 와서 싹 다 치워줬으면. 원래 없던 것처럼 말끔하게. 그러면 나는 다시 시작할 수 있을 것 같았다. 열심히 사 모으고 아끼던 옷들인데 왜 그런 마음이 드는지 알 수 없었다. 지난번 옷장의 옷걸이 봉이 부러졌을 때와 무언가 달라졌다. 그때는 서둘러 행어를 주문했고 옷이 상할까 봐 밤새워 정리했다. 그런데 이번에는 행어가 쓰러지며 내 안의 어떤 부분도 같이 무너져버린 듯했다.

일단 출근을 하자. 가라앉았던 기분은 뜨거운 물로 샤워를 하고 나와서 몸에 부드럽게 감기는 시폰블라우스를 입는 순간 나아졌다. 마음에 드는 옷을 입고 지하철역으로 걸어가는 동안 잠시 구원받는 기분이 들었다. 나는 천천히 의욕을 회복했고 시폰블라우스가 선사한 일회용 날개를 펼쳐 비루한 몸뚱이와 휘청거리는 일상, 미래에 대한 불안 위로 살짝 날아올랐다.

퇴근 뒤에 튼튼한 행어를 사러 복합쇼핑몰에 갔다. 가구 매장을 돌며 1인용 가죽 소파에 앉아보았고 대리석 식탁의 표면을 손바닥으로 천천히 쓸었다. 가구들은 심플하고 제 기능에 충실했다. 아름답고 안락한 것들이 나를 가만히 안아주었다. 아름다운 것은 좋고 옳지. 어쩌면 나는 커다란 소파를 살 수 없어서 티셔츠를 사는지도 모른다. 집과 가구는 멀고 옷은 가까이 있으니까. 낮에는 아름다운 옷을 집 삼아서, 퇴근 후에는 인테리어가 멋진 곳에서 맛있는 것을 먹고 마시며 그 안에서 휴식을 취하며 인생을 지나가는 것이다. 집에 와서는 씻고 불을 끄고 누우면 된다. 눈을 감으면 아무것도 보이지 않으니까.

K가 떠난 다음 날부터 퇴근하고 나면 매일 쇼핑몰 안을 걸어 다녔다. 연인과 헤어진 뒤에 마음을 달래기 위해 술을 마시는 사람도 있고 데이트 앱에 접속하는 사람도 있고 폭식을 하거나 친구들과 만나서 미친 듯이 노는 사람도 있을 것이다. 사람들은 모두 이 세계에서 받는 고통 속을 무언가와 함께 지나간다. 나에게는 그것이 옷일 뿐이었다. 도움이 되지 않는 생각을 하며 괴로워하느니 아름다운 것을 찾아보고 감탄하며 통과하고 싶었다. 그래서 나는 평소처럼 매장 지하부터 천천히 구경하며 한 층씩 위로 올라갔다. 액세서리 전문점에서 팔찌를 차보고 피팅 룸에서 셔츠와 바지를 입고 나와 거울에 비친 모습을 보았다. 새 옷은 나를 연하의 애인을 잃은 불행에서 잠시 건져냈다. 원래의 옷을 입은 나보다 새 옷을 입은 모습이 좀 더 괜찮아 보였다.

K는 32인치 은색 트렁크에 자신의 모든 것을 챙긴 뒤 차분하게 나갔다. 짐은 더 늘거나 줄지 않았고 떠나는 옷차림과 신발도 처음에 들어왔을 때 그대로였다. 투룸 빌라 곳곳에 흩어져 있는 K의 흔적이나 공백은 금세 지워지고 사라졌다. 일주일 동안 나는 K가 트렁크에 챙겨 간 물건들의 부피만큼 채우러 돌아다녔다. 나만의 방법으로 마음을 달래는 동안 행어가 감당해야 할 무게는 꾸준히 늘어났다. 결국 사들인 옷을 감당하지 못한 채 새벽에 요란하게 무너져버렸다. 다행이라면 K가 떠난 뒤에 그렇게 되었다는 것이었다.

가구 매장에서 옷장이 보일 때마다 문을 열고 옷걸이 봉이 얼마나 튼튼한지 만져보았다. 온몸으로 매달려서 흔들어보고 싶은 충동을 겨우 참았다. 맘에 드는 행어는 찾지 못했고 걸어둘 데가 없어서인지 옷을 보아도 시큰둥했다. 나는 일주일 만에 처음으로 다른 건 사지 않고 간단한 저녁거리만 계산한 뒤 밖으로 나왔다. 밤거리는 어두웠고 아무도 내게 관심이 없었다.

집으로 가는 동안 K는 어디에서 지낼까, 궁금해하다가 K의 휴대폰 번호를 떠올렸지만 이제는 하소연할 말도 없음을 깨달았다. 달라질 거라는 거짓말도 통하지 않을 테고 달라질 자신도 없었다. 변하고 싶은 것 같기도 하고 이대로 지내도 상관없다는 생각도 들었다.

현관문을 열고 들어와 가방을 내려놓았을 때 K의 메시지가 도착했다.

—회색 셔츠 두고 왔어. 행어 윗단 오른쪽에 걸려 있어.

지하철 보관함에 넣어둔 뒤 메시지를 주면 찾아가겠다고 했다.

행어 윗단에 어떤 옷들이 걸려 있었는지 눈을 감고도 넘겨볼 수 있을 정도로 생생하게 떠올랐다. K가 말하는 회색 긴소매 셔츠는 오른쪽에서 셔츠 세 벌을 넘기면 보이는 자리에 걸려 있었다. 같이 살기 시작하고 나서 첫 생일에 내가 선물한 옷이었다. K는 이렇게 비싼 셔츠는 처음 가져본다며 입어보고는 뭔가 좀 다른 것 같은데, 하면서 웃었다. K는 아끼는 외출복 몇 벌만 행어에 걸어두었고 나머지 옷들은 작게 접어 서랍에 보관했다. 나는 K의 티셔츠 위에 남아 있던 접힌 자국을 기억했다. 그런 K에게 행어가 무너져서 옷을 찾기 어렵다고 고백할 수는 없었다.

나는 행어가 있던 방의 문을 연 채 안을 들여다보았다. 휙 둘러보는 것만으로는 K의 셔츠를 찾을 수 없었다. 차분하게 앉아 하나씩 정리해야 한다는 걸 알면서도 바닥에 쌓여 있는 옷 더미와 휘어지고 무너진 옷걸이 봉을 보기가 힘들었다.

나는 옷 더미 옆에 쪼그리고 앉아 지하 식품 매장에서 사 온 초밥을 하나씩 집어 먹었다. 이 옷들은 행어에 매달려 있는 동안 잠시 나를 구해주었지만 이제 나는 혼자 남아 바닥에 앉아 있다. 아름다운 것들은 쇼윈도 너머에 있고 내 손에는 부서진 유리 조각들만 몇 개 남았다. 비루함과 비참함만 생생히 나의 것이었다. 다행스러운 건 이제 떠날 사람도, 더 휘어질 것도, 무너질 염려도 없다는 것이다.

나는 K의 메시지를 다시 보았다. K에게 뭐라고 해야 하

나. 같이 사는 동안 K는 나를 오래 참아주었다.

곧, 아니 이번 주까지, 내일까지, 조만간, 보관함에 넣어 둘게.

K에게 보낼 메시지를 여러 번 지웠다가 새로 입력했다. 내가 진짜 하고 싶은 말은 그런 게 아니었다. K야. 행어가 무너졌고 내 옆에는 옷 무덤이 쌓여 있어. 네 말대로 나는 미친 것 같아. 난 회복될 수 있을까. 회복할 수 있을까. 나는 K에게 옷이 아니라 회복에 대해 이야기하고 싶었다.

변해가는 것들

정오의 지하철역 앞에는 오가는 사람들이 많았다. 출구 앞으로 걸어온 로이가 나를 보더니 손을 흔들며 웃었다. 로이의 행동 덕분에 그들 사이에서 로이를 알아볼 수 있었다. 로이는 다정하게 팔짱을 끼며 오는 길이 어땠는지, 무릎이나 두통은 괜찮은지 물었다. 입소문을 타면서 유명해지기 시작한 맛집을 예약해두었다며 점심을 먹으러 가자고 했다.

"맛이 깔끔해서 이모도 좋아하실 거예요."

얼마 전에 친구와 같이 밥을 먹었는데 내 생각이 나더라고 했다.

"생일날 이모가 퓨전 한정식집에서 맛있게 드셨잖아요."

로이가 나를 생각하는 마음은 뭉클한 데가 있었다.

식당으로 가는 길은 대로에서 골목으로 이어졌고 그 안에서도 여러 번 방향을 바꾸었다. 로이는 지도 앱으로 동선을 확인한 뒤 움직였다. 안으로 들어갈수록 밖과는 다른 풍경이 펼쳐졌다. 고층 빌딩들이 사라지고 오래된 건물과 주택을 개조한 작은 가게들이 골목 안에서 성업 중이었다. 인테리어가 독특한 식당이나 카페, 잡화점에서 젊은 손님들이 담소를 나누고 있었다. 나는 걸으면서 오래된 것과 현대적인 것이 조화를 이룬 거리를 바라보았다.

"동네 분위기가 좋구나."

"이모가 마음에 들어 할 줄 알았어요. 저도 이 동네가 좋더라고요."

로이가 휴대폰으로 골목 풍경을 몇 장 찍었다.

로이가 말하는 좋음과 내가 느끼는 좋음이 정확히 겹치지는 않더라도 마음이 같다는 생각만으로도 기뻤다. 언제

부턴가 젊은 사람들이 많이 모인 곳이나 젊은 감각으로 꾸몄다는 곳에 가면 눈치가 보였는데 걸으면서 모처럼 편안하고 설레었다. 설렌다는 느낌이 너무 오랜만이라 낯설었다.

식당에 도착해서 예약을 확인하자 직원이 임로이 씨, 두 분 세팅해두었습니다, 하며 자리로 안내했다.

언니가 죽은 뒤 조카는 개명했다. 중성적이고 외국에서도 쓸 수 있는 이름으로 바꾸고 싶다고 했다. 원래 이름도 잘 어울렸는데 오래전부터 이름을 바꾸고 싶었노라고 털어놓았다.

"이모도 알겠지만 원래 이름은 엄마가 갖고 싶었던 이름이라 나한테는 좀 무겁고 올드했거든요."

'로이'는 회사에서 오래 쓰던 영어 이름이라 익숙했고 이름을 바꾸고 나니 몸에 맞는 옷을 찾아 입은 듯 편안한 기분이 든다고 했다.

"엄마 장례식 끝나고 제일 먼저 한 일이 개명 신청이에요. 그 이름을 열심히 불러주던 사람도 없고요."

조카의 이름이 로이가 되었다는 건 어느 정도 익숙해졌지만 예전 이름을 자주 부르던 사람, 그 이름을 지은 존재가 사라졌다는 건 여전히 실감 나지 않았다.

나에게도 이름을 바꾸고 싶었던 시절이 있었다. 이런저런 핑계로 미루다 보니 어느덧 이름이 그다지 중요하지 않고 쓸 일도 많지 않은 나이가 되었다. 육십대 중반이 되자 이름이 진지하게 사용되는 곳은 병원이나 은행, 관공서뿐이었다. 이제는 좋은 이름을 갖는 것보다 다른 사람의 이름을 잘 기억하는 일이 더 중요해졌다.

한옥을 현대적으로 개조한 식당은 로이의 말대로 분위기가 고풍스러우면서도 모던했다.

"요즘 젊은 사람들이 이런 곳을 좋아한단 말이지."

"주말에는 사람들이 너무 많아서 밥 먹기도 힘들어요."

"그래, 멋진 곳 같다."

"이모, 요즘은 이런 데를 힙하다고 해요."

한정식집인데도 메인 메뉴와 반찬에 한식과 양식이 고르게 섞여 있었다.

밥을 먹는 동안 로이는 칠순 생일 얘기를 꺼냈다. 여행을 가고 싶은지 친척과 친구 들을 불러 식사를 하고 싶은지 정하면 자기가 알아보고 힘껏 돕겠다고 했다. 로이의 입에서 나오는 '칠순'이라는 말은 다른 세계의 언어 같았다. 언제 이렇게 나이가 들었나, 새삼스러운 마음과 자식이 있었다면 조카가 신경 쓰지 않아도 될 텐데, 하는 미안함이 뒤섞였다. 부를 사람도, 특별히 가고 싶은 곳도 없다고 하자 로이가 아직 몇 년 남았으니 더 생각해보라고 했다. 그때까지 살아 있을지 어떨지도 알 수 없지 않니, 하고 말하려다 분위기가 어두워질 것 같아 그만두었다.

로이가 내 나이 정도 되어도 고령을 기념하는 행사가 남아 있을까. 30년이 긴 시간은 아니지만 앞으로의 30여 년에 대해서는 짐작이나 상상을 하기 어려웠다. 지난 10년 동안 세상의 변화가 내가 살아온 시간 전체의 변화보다 빠르고 복잡했다. 로이가 살아갈 미래는 또 다를 것이다.

식사를 마무리하며 어느 카페에 가서 커피를 마실까 의견을 나누고 있는데 로이의 휴대폰이 울렸다. 잠시 통화를 마치고 온 로이가 울상을 지었다.

"이모, 미안해서 어떡하죠. 커피는 다음에 마셔야겠어요."

오후에 외근이라 시간 여유가 있었는데 회사에 일이 생겨서 들어가봐야 한다고 했다. 내가 걱정스러운 얼굴로 쳐다보자 나쁜 일은 아니에요, 하며 휴대폰으로 택시를 불렀다.

"이모, 제가 주소 하나 보낼게요. 분위기 좋고 커피도 맛있는 카페거든요. 여기에서 멀지 않아요. 혼자라도 꼭 가보세요."

그러면서 택시가 너무 안 잡히네, 하고 중얼거렸다. 나는 테이블 맞은편에 앉아 물을 마시며, 휴대폰으로 택시를 부르고 약도 링크를 보내고 팀원의 메일에 서둘러 답하는 로이를 바라보았다.

식당 앞에서 로이는 예약한 택시를 탔고 나는 택시가 골목 밖으로 멀어지는 모습을 보며 잠시 서 있었다.

　로이가 보내준 링크를 눌러 카페의 이름과 주소, 내부 사진을 보았다. 많은 방문자들이 아인슈페너 맛집이라고 후기를 올렸다. 사진을 보니 언젠가 로이와 같이 마셨던 찐득한 크림이 올라간 커피였다. 내가 맛있다고 했던 걸 기억해주어 찡했다. 아직은 커피를 한 잔 마셔도 밤에 자는 데 지장이 없을 시간이었다. 하지만 가게 이름이 표시된 지도를 아무리 들여다보아도 방향이나 거리가 가늠이 되지 않았다. 택시를 잡으려고 주위를 둘러보다가 앱으로 부르지 않으면 탈 수 없는 곳이라는 걸 깨닫고 골목을 따라 걸음을 옮겼다.

　나는 천천히 걸으며 편하게 커피 마실 만한 곳을 찾아보기로 했다. 밖에서 혼자 커피를 마신 지 오래되었다. 누굴 만나지 않으면 외출을 하지 않으니 그런 기회가 좀처럼 생기지 않았다. 골목길에 자리 잡은 크고 작은 카페들을 둘러보며 괜찮아 보이는 곳이 나타나면 밖에서 안을 살폈다. 젊은 사람들만 있는 곳은 들어가기가 망설여졌다.

언니가 살아 있었다면 용기를 내서 들어갔을 테고 젊은 사람들 사이에서 테이블도 하나 차지했을 것이다. 언니는 호기심이 많아서 새로운 곳에 가거나 안 해본 일에 도전하는 걸 좋아했다. 질문이 많은 사람이었고 궁금하면 나와 로이에게 물어서라도 해결했다. 그 집 이름이 뭐였지? 딤섬 맛있던 집. 앱은 어떻게 까는 거야? 여기서 바로 돈을 보낼 수 있다는 거지? 로봇 청소기는 어떤 원리로 움직이는 거니? 내게 묻는 것과 로이에게 부탁하는 것이 달랐다. 우리는 각자의 방식으로 언니의 검색창과 안내자 역할을 했다. 언니 앞에서는 나이 든 티를 낼 수 없었기 때문에 언니가 죽고 난 뒤 시간이 좀 더 빠르게 흐르는 것 같았다. 애써 기억할 필요도 설명해줄 것도 없었다. 혼자 멍하게 지내는 시간이 늘었다.

나는 손님들이 한 테이블만 있는 카페의 문 앞에 서서 안을 들여다보았다. 골목을 지나며 마주친 개성 넘치는 가게들과 달리 간판과 내부 모두 심플했다. 커피 종류가 많

지 않고 커피값도 비싸지 않아 혼자 마시고 가기 괜찮아
보였다.

문을 열고 들어가 의자에 앉으니 처음으로 다방에서 혼
자 음료를 마셨던 날이 떠올랐다. 대학생이 된 뒤 언니가
봄옷을 한 벌 사주겠다고 해서 명동의 다방에서 만나기로
약속한 날이었다. 학교 수업이 끝나자마자 버스를 타고 갔
는데 다방 안을 둘러봐도 언니가 보이지 않았다. 약간 긴
장한 상태로 빈자리를 찾아 앉았다. 그때 다방 안에 퍼져
있던 담배 연기와 커피 냄새, 패브릭 소파의 무늬와 나무
테이블의 질감이 지금도 생생하게 기억난다. 커다란 스피
커에서는 감미로운 팝송이 흘러나왔고 소파에 앉아 출입
문을 바라보며 나는 음악이 살아 움직이는 것 같다고 생각
했다.

노래에 빠져들어가는데 스피커에서 내 이름을 부르는
목소리가 나왔다. 카운터에 전화 와 있습니다. 잘못 들었나
싶어 어리둥절해하는데 다시 한번 전화를 받으라는 안내
가 이어졌다. 다른 손님들이 앉아 있는 테이블을 지나 카

운터로 갔다. 걸어가는 동안 칸막이 안쪽 소파에서 격렬하게 입 맞추는 연인들을 보았다.

조끼를 입은 웨이터가 묵직한 검은색 수화기를 건넸다. 전화기 너머에서 큰언니는 퇴근이 좀 늦어지니 아무거나 한 잔 마시면서 기다리고 있으라고 했다. 목소리는 멀고 잡음이 많이 섞여 있었다.

"파르페가 제일 비싸니까 그거 먹고 있어. 계산은 내가 가서 할 테니까."

"알았어. 걱정하지 말고 천천히 와."

나는 이런 곳에 자주 오는 사람처럼 보이고 싶어서 손가락으로 전화기의 줄을 꼬며 여유로운 척 대답했다.

자리로 돌아와 웨이터가 가져다준 메뉴판에 적힌 음료의 이름과 가격을 하나하나 살펴보았고 마지막 페이지에서 언니가 말한 파르페를 발견했다. 쌍화탕보다, 커피 두 잔을 합친 것보다 비싼 음료의 정체가 무엇인지 궁금했다.

처음 만난 파르페는 모양과 맛 모두 감탄이 나올 정도로 화려했다. 기다란 유리잔에 들어 있던 붉은색 체리주스와 통조림 과일, 그 위에 꽉꽉 눌러 담은 아이스크림, 아이스크림 위에 꽂혀 있던 긴 막대 과자와 작은 종이우산 장식까지 온통 처음 보는 것이라 신기했다. 나는 그 풍성하고 오묘한 조합의 음료를 한참 동안 바라보았다.

퇴근 뒤에 뛰어온 언니가 우리 막내 혼자 괜찮았냐고 물어보았지만 나는 기다란 스푼으로 난생처음 맛보는 달콤한 음료를 퍼먹으며 팝송을 듣느라 혼자라는 사실을 잊은 채였다. 그날 옷 가게에서 언니가 골라준 체크무늬 모직 스커트와 스웨터, 청바지와 티셔츠를 입어보았던 순간이 떠오른다. 언니가 어색해하는 나를 보며 야야 옷이 날개다, 하며 웃었고 지갑에서 지폐 여러 장을 꺼내 계산했다. 청바지의 물이 빠지고 티셔츠 목이 나달거릴 때까지, 스웨터의 팔뚝과 가슴 부분에 보풀이 잔뜩 일고 소매가 짧아질 때까지 열심히 입고 다녔다.

그날 이후로 어떤 음료를 좋아하느냐는 질문을 받으면 한동안 파르페라고 대답했다. 작고 화려한 종이우산을 가방에 넣어 와 서랍 한구석에 모아두곤 했다.

그 다방의 커피 냄새를 떠올리며 카운터에서 주문하려고 보니 직원은 없고 키오스크와 커다란 커피머신 두 대뿐이었다. 벽에는 한국어와 영어로 쓴 간단한 설명서가 붙어 있었다. 키오스크로 결제한 뒤 머신의 버튼을 눌러 커피를 직접 추출하는 방식이었다. 나는 설명서와 커피머신을 번갈아 보다가 주문 표시를 터치하고 음료를 골라 장바구니에 담았다. 결제 버튼을 누르려고 보니 뜨거운 커피가 아니라 아이스가 담겨 있었다. 뜨거운 것으로 바꾸는 방법을 찾지 못해 취소하고 처음부터 다시 시도했다. 그다음에는 결제가 제대로 되지 않아 오류가 났다. 좀 더 복잡한 커피 자판기일 뿐이라고 생각했는데, 손에 땀이 찼다.

커피를 마시기 시작한 이십대부터 다방과 커피숍, 커피 전문점과 카페를 지나왔다. 메뉴판을 가져다주고 주문을 받으러 오고 음료를 테이블까지 가져다주고 치워주던 시대를 거쳐 카운터에 가서 주문하고 음료를 받아 온 뒤 직접 반납하는 시대를 지나 기계를 통해 주문하는 시대에 도착했다. 그것은 자연스러운 변화 같으면서도 지난 시대의 속도에 비하면 빠르고 급작스러웠다. 이제 그만, 이라고 말하고 싶어도 들어줄 사람이 없었다.

혼자만의 커피 타임을 즐길 수 있는 시간이 얼마 남지 않았다. 오후에 커피를 마시면 새벽까지 뜬눈으로 지내거나 얕게 잠들었다가 금세 깼다. 나는 무인 카페의 시스템에 다시 도전해볼지 다른 카페에 갈지 고민했다.

—이모, 커피 잘 마시고 있어요? 다음에는 꼭 같이 마셔요.

로이의 메시지가 도착했다.

나는 출입문을 열고 들어온 사람이 능숙하게 주문을 마친 뒤 커피를 뽑아 자리에 앉는 모습을 물끄러미 바라보았다. 뭐라고 답을 보낼까 망설이는 동안 짧은 커피 타임이 속절없이 흘러가고 있었다.

숲과 호수 사이

거기에 갈까.

출근 준비하던 윤이 그렇게 말했다. 우리 거기에 갈까.

월차를 쓸 생각에 들떠 있던 모는 그 말을 듣고 마음이 툭 떨어졌다. 모와 윤에게 거기에 가자는 말은 일종의 신호였다. 나 좀 힘들어, 안정이 필요해, 라는 심정을 에둘러 표현하는 암호이자 구조 요청 같은 것이었다. 그래서 윤이 거기에 갈까, 라고 했을 때 모는 무슨 일이 있구나 싶어 걱정이 되었다.

확실히 최근 며칠 동안 윤은 멍한 표정으로 식탁에 앉아 있는 일이 많았다. 휴대폰을 보다가 미간에 힘을 주거나 입술을 꾹 깨문 채 얼굴을 문지르기도 했다. 모는 윤이 부엌을 둘러보며 창이 더 크면 좋을 텐데, 라고 중얼거리다가 멈추고 갑자기 아니지, 아니야, 하며 고개를 젓는 모습도 여러 번 보았다. 그럴 때 윤의 얼굴 위로는 맥락을 알 수 없는 표정들이 지나갔다.

윤은 괜찮아지면 그제야 속을 털어놓는 타입이라 무슨 일이 있느냐고 물어도 별일 없어, 좀 피곤해서, 라고 대답할 뿐이었다. 같이 사는 동안 모는 윤이 말이 없을 때 인내심을 가지고 기다리는 게 좋다는 걸 알게 되었다. 다그치면 윤은 어딘가로 숨거나 입을 다물어버렸다. 윤이 거기에 가자는 말을 하는 건 나아지기를 바란다는 뜻이니 아주 심각한 상태는 아닐 것이다. 사실 말이야, 하면서 윤이 말을 꺼내면 모는 안도하며 귀를 기울일 준비가 되어 있었다.

그래. 이번 주에 가자.

모는 서두른다는 인상을 주지 않으려 명랑하게 대꾸했다. 가방을 멘 윤이 괜찮아? 다른 약속 없어? 하며 운동화를 신었다.

나도 가고 싶었어. 토요일 아침에 출발하자.

한쪽 손을 들고 잘 다녀오라고 인사하는 모에게 윤도 좋은 시간 보내고 저녁에 만나자며 손을 흔들었다.

도어록이 잠기는 소리를 들으며 모는 식탁 의자에 앉았다. 조조영화를 보러 가려고 했는데 어쩐지 울적해졌다. 창문을 여니 아침 같고 암막 커튼을 치니 밤 같았다. 모는 어둠 속에서 눈을 여러 번 깜박거렸다.

모와 윤은 각각 그곳에서 보낸 시간 덕분에 회복된 경험이 있었다. 그 북 카페는 한쪽 창으로는 호수가 보이고 반대쪽 창으로는 초록 숲이 보였다. 근사한 풍경 외에 다른 것은 평범했다. 책이 많거나 큐레이팅이 특별하지도 않고 커피 맛이 훌륭한 것도 아니었다. 그런 것까지 뛰어났다면 입소문이 났을 테고 두 사람이 조용히 앉아서 밖을 내다보는 여유를 누릴 수 없었을 것이다. 그래서 모와 윤은 그 카페의 평범한 커피 맛과 적당한 규모의 서가를 사랑했다.

처음 그 카페에 가게 된 건 모의 멀미 때문이었다.

2년 전 주말에 두 사람은 조금 먼 도시로 드라이브 겸 꽃 구경을 가기로 했다. 윤이 맛집을 예약하고 유명하다는 카페도 찾아두었다. 모와 윤 둘 다 회사 생활에 지친 상태라 먼 곳에서 맛있는 것을 먹고 바람을 쐬면 나아지지 않을까 기대하며 떠났다.

사람들이 보내고 싶은 주말의 형태란 대체로 비슷한지 식당 안 테이블에는 빈자리가 없었다. 주문하고 사람을 부르는 소리와 먹고 웃고 말하는 소리, 다양한 음식 냄새가 가득했다. 윤은 그런 음식점을 예약해서 미안했고 모는 마음에 안 드는 티를 내서 미안했다. 맛집답게 밑반찬과 메인 메뉴 모두 맛있고 푸짐했다. 평소였다면 다음에 다시 오고 싶은 곳 리스트에 올렸겠지만 그날 모와 윤은 좀 버겁다는 느낌을 받았다.

꽃이 흐드러진 길에도 사람들이 많아 줄을 서서 걸어가는 기분이었다. 두 사람은 조용한 곳에서 휴식을 취하고 싶었고 실내를 정원처럼 꾸며놓은 카페를 검색한 뒤 사진을 보며 기대에 부풀었다. 천장이 높고 초록 식물들 사이에 테이블이 놓인 카페는 웨이팅이 길었다. 윤이 급하게 다른 곳을 알아보는 동안 모는 포토 스폿에서 사진 찍는 사람들을 바라보았다. 팔을 올려 하트를 만들거나 웃는 얼굴로 포즈를 취하는 그들을 보며 주말이 끝난 뒤 만나게 될 회사 사람들을 떠올렸다.

모의 연봉은 3년째 동결이었다. 처음에는 열심히 일해도 보상이 없다는 데 화가 났지만 어느 순간 문제는 연봉이 아닌 다른 쪽으로 번져나갔다.

모가 연봉을 올려달라고 소심하게 요구했을 때 팀장은 경기도 안 좋고 다들 힘드니 올해까지만 참아달라고 했다.

올린 사람 아무도 없어. 나도 그대로라고.

팀장은 모를 원망하듯 말끝을 올렸다. 모는 작년에도 그렇게 말했잖아요, 라고 덧붙이지 않았다. 팀원들이 전부 개인적으로 찾아와 불만을 표현했을 거라고 생각하니 팀장이 안됐다는 생각이 들었다. 더 높은 직책을 맡은 사람들의 지시를 따르다 보니 그렇게 결정할 수밖에 없었을 테지만, 모의 입장에서도 연봉 얘기를 꺼낼 수 있는 사람은 팀장뿐이었다.

그날 친한 동료의 생일을 축하하기 위해 몇 사람이 모인 자리에서 모는 간만에 술을 많이 마셨다. 취한 김에 거지 같은 회사, 물가는 계속 오르는데 말이야, 하며 연봉에 대한 불만을 털어놓았다. 생일을 맞은 동료가 동조했다.

그러게. 진짜 조금 올려주더라. 그렇게 조금씩 올려서 언제 카드 빚 갚냐고.

모는 자신이 잘못 들었나 싶어서 동료를 쳐다보았다. 동료는 아차 싶었는지 말을 돌렸다.

그대로나 마찬가지야. 연봉 안 올려주면 그만둘 거라고 했더니 올려줬어.

모는 팀장에게 배신감을 느꼈고 순순히 물러섰던 자신에게도 화가 났다. 술김에 말해버린 동료의 실수 때문이 아니라 팀장의 말을 믿을 수 없게 되어서, 앞으로 그런 사람과 어떻게 같이 일해야 하나 싶어서 기운이 빠졌다.

다음 날 팀 회의가 끝난 뒤 팀장이 모에게 일을 추가로 부탁했을 때 모는 천천히 심호흡을 한 다음 연봉에 대해 확인했다. 처음에 팀장은 모가 잘못 아는 거라며 시치미를 떼더니 동료 얘기를 꺼내자 얼굴이 굳었다. 그 자리에서는 모에게 양해를 구하더니 나중에 동료를 불러 비밀을 지키지 않았다고 주의를 줬다. 화장실에서 마주친 동료는 모 때문에 자신이 곤란해졌다며 미간에 힘을 준 채 손을 씻었다. 모의 의지와 상관없이 상황이 엉뚱한 방향으로 굴러갔다. 모가 원한 건 팀장의 솔직한 해명과 사과였는데 오히려 모가 말을 옮기는 사람, 믿을 수 없는 사람이 되어 있었다.

예전처럼 같이 점심을 먹고 커피를 마시며 얘기를 나누고 표면적으로 달라진 건 없는데 팀장을 대할 때 껄끄럽고 동료를 보기도 편치 않았다. 오후가 되면 아랫배가 싸르르하다가 끊어질 듯 아팠다. 모는 화장실을 들락거렸고 밥을 먹기가 두려워졌다. 병원에서는 장염이라고 했지만 약을 먹으면 괜찮아졌다가도 스트레스를 받거나 신경 쓰면 증상이 도졌다.

일주일 정도 지속된 장염이 가라앉았을 때 윤이 맛있는

것도 먹고 꽃구경도 하자고 해서 떠나게 된 나들이였다. 그런데 모와 윤은 인파에 시달린다는 느낌뿐이었다. 애써 괜찮은 척하며 걷고 감탄하고 사진을 찍었지만 서로의 얼굴을 보며 힘든 기색을 알아차렸다.

집에 가는 길에 윤이 모에게 눈 좀 붙이라고 하며 운전대를 잡았다. 도로에 차가 많아서 가다 서기를 반복했고 다음 날 출근할 생각에 모는 속이 불편해졌다. 국도 쪽을 달릴 때 멀미가 난다는 모의 말에 윤이 차를 세우고 근처 카페를 검색했다.

그래. 길도 막히는데 한숨 돌리고 가자.

두 사람은 창가 테이블에 앉아 따뜻한 허브티를 주문했다. 안쪽의 소파 테이블에 앉아 있던 손님 네 사람이 두런두런 얘기를 주고받았다. 모와 윤이 앉은 자리의 좌우에는 커다란 창이 있고 한쪽 창으로 호수가, 반대편 창으로 숲이 보였다. 저녁 시간이 되어 호수와 숲은 좀 어둑했지만 그것대로 운치가 있었다. 모는 따뜻한 차를 마시며 검게 변해가는 창밖을 보았다. 인파와 멀미에 시달렸던 속이 천천히 내려갔다. 하루를 통틀어 가장 평화로운 시간이었다. 돌아보니 어느새 카페 안에 손님은 모와 윤뿐이었다.

모가 스트레스성 장염을 앓는다면 윤은 힘들 때 위경련에 시달렸다. 소화가 잘 안 돼 속이 답답하고 쓰리다가 어느 순간 쥐어짜는 듯 아프다고 했다. 소파에 앉아 있다 배를 감싼 채 몸을 둥글게 말거나 침대에 누워 끙끙거렸다. 윤은 누군가 힘센 사람이 위의 이쪽저쪽을 양손으로 잡고 비트는 것 같다고 했다. 그 고통에 대해 모는 짐작도 하기 어려웠다.

그날 숲과 호수 사이의 북 카페에서 한숨 돌리고 온 뒤로, 두 사람은 계절마다 그곳에 가서 시간을 보냈다. 창가 테이블에 앉아 봄의 꽃이 핀 숲과 여름의 초록이 우거진 숲, 가을의 울긋불긋 물든 숲을 보았다. 거기에는 계절과 함께 변하는 숲과 그대로인 호수가 있었다. 모와 윤은 그날의 기분에 따라 창가에 앉아 나란히 호수를 바라보기도 하고 한 사람이 호수를 볼 때 한 사람은 숲을 보기도 했다.

모는 나뭇잎들이 햇빛을 받아 반짝이는 것, 색이 변해 바람에 천천히 흔들리거나 바닥으로 뚝뚝 떨어져 내리는 것이 경이로웠다. 이름을 알지 못하는 나무들의 늠름한 몸통과 여러 갈래로 뻗어나간 가지들, 촘촘하거나 듬성듬성한 나뭇잎들을 보고 있으면 나무가 물을 빨아들이는 것처럼 온몸으로 기운이 번져나갔다. 윤은 주로 호수를 보며 물멍을 즐겼다. 호수를 보고 있으면 마음이 차분해졌다. 잔잔히 펼쳐진 물을 보며 어떤 기분과 감정을 흘려보내곤 했다.

의도하거나 약속하지는 않았지만 모와 윤은 지치고 마음이 다쳤을 때마다 그곳에 갔다. 그 카페의 창을 통해 사계절의 풍경을 보았다는 건 계절마다 마음 다치는 일들이 생겼다는 뜻인 동시에 거기 앉아 있던 시간 덕분에 일상으로 돌아올 힘을 얻었다는 증거이기도 했다.

토요일 아침에 차를 타고 가는 동안 윤은 말없이 앉아 있다가 눈 좀 붙일게, 했다. 운전을 하던 모는 카스테레오의 볼륨을 줄이고 가끔씩 윤의 얼굴을 살폈다. 눈을 감았지만 잠든 것 같지 않은 미간에 힘이 잔뜩 들어가 있었다.

거기에 가면 단풍이 들어서 숲이 멋질 거야.

모는 조용히 속삭였다.

오전의 카페에 손님은 모와 윤뿐이었다. 호수를 한참 바라본 뒤에도 윤은 말이 없었고, 모가 무슨 생각해, 라고 묻자 죽음에 대해 생각해, 라고 했다. '모멸' 정도를 떠올렸는데 '죽음'이라는 말에 모는 가슴이 쿵 내려앉았다.

모가 걱정스러운 얼굴로 쳐다보자 얼마 전에 회사에서 말이야, 하고 윤이 미간을 구기며 말을 꺼냈다. 속이 꽉 차 냄새가 나는 쓰레기통을 열었을 때의 표정과 비슷했다. 같이 일하던 사람이 출장 중에 세상을 떠났는데 회사는 어영부영 처리하고 싶어 하고 유족들에게 사과도 제대로 하지 않는다는 이야기였다. 사고에는 여러 가지 상황과 사람들이 복잡하게 얽혀 있는데 회사의 간부들은 책임을 미루고 서로 발을 빼려 했다. 그들은 유감이라느니, 일어나지 말았어야 할 일이었다느니 변명하며 안됐지만 어쩔 수 없다는 식으로 일관했고 자꾸만 죽은 사람의 사소한 실수를 들 먹였다. 보상은 하겠지만 자신들의 잘못은 없다는 입장이 었다.

윤은 자신이 갈 수도 있는 출장이었다고 했다.

사람이 죽었는데, 사람이면 사과는 해야 하잖아.

윤은 동료의 죽음도 고통스럽지만, 자신이 사과의 언어 가 없는, 다른 사람의 존엄을 헤아리지 않는 무정한 사람 들과 같이 일해야 하는 상황을 견디기 괴롭다고 했다. 그 것만으로도 비참한데 죽음의 진상이 규명되지 않은 채로 시간이 흐르니 나머지 사람들마저 이편저편으로 나뉘어 싸우기 시작했다.

왜 이 죽음에 대해 사과하고 책임지지 않아?

보상받았으면 됐지. 사과에 왜 그렇게 집착해? 사과한다 고 뭐가 달라져.

같은 사무실에서 일하고 같이 점심을 먹고 회의를 하고 회식을 하는 동료인데 입장과 마음이 다르다는 걸 확인하 는 게, 그래서 자꾸 미워지는 게 힘들다고 했다.

내가 죽어도 그렇게 지나가겠지.

윤은 울먹이다가 허탈하게 웃었다.

나 좀 미친 것 같지.

모는 고개를 저으며 윤의 손을 잡았다.

누가 그러더라. 하나만 하라고.

윤은 다시 웃음을 거두고 울먹거렸다. 그러고는 이곳이 없어지지 않았으면 좋겠다고 읊조렸다. 밖의 생활은 나쁜 것과 더 나쁜 것 사이에 끼어 있지만 숲과 호수 사이에 놓인 이곳은 내내 있었으면 좋겠다고.

어떤 여름

터미널에서 내렸을 때 피부에 닿는 S시의 공기는 따뜻
했다. 두 시간 반 동안 에어컨 냉기 속에 앉아 있었더니 몸
여기저기에 살얼음이 낀 것 같았다. 영은 오른손으로 왼
쪽 팔뚝을, 왼손으로 반대쪽 팔뚝을 문질렀다. 고속버스 맨
뒷자리에 앉아 떠들던 여행객 다섯 명은 선글라스를 꺼내
쓰며 해수욕에 대한 기대를 드러냈다. 선이 아파트 베란
다 너머로 바다가 손바닥만 하게 보인다고 했던 말이 기억
났다.

승강장에는 택시 여러 대가 대기 중이었다. 지도에서 확
인한 선의 아파트는 터미널에서 멀지 않았다. 좀 걷고 싶

었던 영은 승강장을 지나쳤다. 터미널에서 멀어지자 익숙한 상호와 간판이 사라지고 S시의 색채가 담긴 가게들이 나타났다. 뜨거운 공기는 영의 피부를 천천히 데웠다. 도로 위로 어른거리는 열기가 느껴졌다. 사람들도 반쯤 녹아내린 상태로 느리게 걸어 다녔다. S시도 지독한 여름을 통과하는 중이었다. 트렁크를 끌고 걷는 영의 몸에 땀이 나기 시작했다. 계절의 변화를 느끼기 어렵던 지점의 창구 자리가 떠올랐다. 월말이라 은행 안에는 내방객들이 많았을 것이다. 한 사람이 휴직해서 다른 직원들이 힘들었을지 벌써 적응해서 일할 만했는지는 알 수 없었다.

휴직한 지 일주일쯤 되었을 때 대학 친구 선이 펀드를 해약하고 싶다며 연락했다. 영은 해약이라는 단어에 큰 타격을 받지 않은 채 수익이 별로면 해약하는 게 낫지, 라고 대답했다. 선은 수익률에 대해서는 언급하지 않고 재작년에 네가 실적 때문에 들어달라고 부탁했던 거라 연락해본 거야, 라고 했다.

―그냥 해약하기가 미안해서.

선에게 그런 부탁을 했었나. 영은 재작년 여름을 잠시
돌아보았다. 새로운 적금, 펀드 상품이 나올 때마다 실적
압박을 받았다. 대체로 창구에서 만나는 고객들에게 가입
을 권유하며 버텼는데 선에게까지 그런 얘기를 한 걸 보니
많이 힘들었던 모양이다. 다른 기억은 모두 쓸려 나갔는데
일과 은행 안의 인간들에 대한 감정만 덜 마른 시멘트 위
에 찍힌 발자국처럼 파여 있었다.

휴직하고 나니 출퇴근 시간을 줄이려고 얻은 원룸에서
지내는 게 불편해졌다. 밖에 나가면 주거래 고객들이 사는
아파트 단지가 보였고 은행은 아파트 상가 2층에 있었다.
그 앞을 지나가면 은행 간판과 창가의 블라인드까지 다 보
였다. 머릿속으로 시간대에 따라 달라지는 은행 안 풍경이
그려졌다. 개점 시간에는 나이가 지긋한 고객들이 통장과
고지서를 들고 와서 번호표를 뽑은 뒤 순서를 기다렸다.
그들은 여러 겹의 개인정보와 비밀번호를 통해 본인 인증
단계를 거친 뒤에야 자신의 돈을 확인하고 만져볼 수 있는

시스템을 불편해하면서도 동시에 의심을 품었다. 그 돈이 잘 있는지 빨리, 그리고 자주 확인하기를 원했다.

영은 화면에 뜨는 그들의 계좌 속 숫자를 볼 때마다 비현실적인 기분이 들었다.

―저 아파트 제일 큰 평수가 얼만 줄 알아?

언젠가 점심을 먹을 때 B가 물었고 영은 B의 입에서 나오는 말이 숫자가 아니라 외국어 같다고 생각했다.

8월 초의 도시는 낮과 밤 내내 공기가 뜨거웠다. 간간이 바람이 불었지만 몸살 걸린 사람의 이마처럼 열이 내리지 않았다. 영은 밤마다 잠들지 못한 채 침대에 누워 뒤척거렸다. 잠이 자꾸 쪼개지고 그 틈 사이로 잡생각이 끼어들었다. 편히 쉬고 있는데 불면에 시달린다는 사실을 인정하기 싫어서 영은 누운 채로 잠자는 사람 흉내를 내기도 했다. 이 동네와 이 도시 모두 지긋지긋하지만 부모님이 계신 집으로 돌아가고 싶지는 않았다.

선에게 펀드 해약은 아무 지점에나 가서 해도 된다고 말했다. 휴직 중이라 출근하지 않고 있다고, 이제 실적 같은 건 아무래도 상관없다고 말한 뒤, 무책임한 사람이 된 기분에 미안하다고 덧붙였다.

―왜 휴직했어?

선의 목소리에는 책망이 묻어 있지 않았다. 영은 오른쪽 엄지손가락으로 관자놀이를 꾹꾹 누르며 지점에서 이상한 일에 휘말리게 됐다고 털어놓았다. 선은 이상한 일이 무엇인지 묻지 않고 골치 아프겠네, 라고 할 따름이었다. 영도 잠이 멀어지고 머리가 지끈거리는 이유가 더위 때문만은 아님을 알고 있었다.

그때 선이 심심하면 자신의 아파트에 가서 쉬다 오라고 했다.

―지금 비어 있거든.

―아파트가 있었어?

영은 회사에서 5분 거리의 원룸에 살던 선을 떠올렸다.

―S시에 얻었어. 너 S시에 가본 적 있어?

선은 재작년에 S시로 발령이 났을 때 작은 아파트를 하나 계약했다.

―대출을 많이 받았지.

애인이 S시를 좋아했고 집값도 싸서 선은 신이 난 상태였다. 결혼을 위해 매매한 거라 애인과 그 집에서 반년 정도 같이 살았는데 헤어진 다음에 일과 S시의 생활 모두 정리하게 되었다는 것이다. 팔려고 알아보니 손해가 큰 데다 먼 도시에 집이 있어도 좋겠다는 생각에 그냥 두기로 마음먹었다고 했다. 연애는 끝났지만 이따금 가서 쉬고 오면 좋을 것 같았다.

―웃기지. 여기에는 집도 없는데.

한동안 그 집을 떠올리기만 해도 힘들었지만 올해부터는 가끔씩 그곳에 내려가서 주말을 보냈다.

―웬만한 건 다 있으니까 옷가지나 좀 챙겨 가면 돼.

영은 잠시 눈을 감고, 많이 들어봤지만 한 번도 가본 적 없는 S시와 빈 아파트를 그려봤다.

―그런 데서 내가 지내도 돼?

그렇게 물으면서도 영은 머릿속으로 S시의 생활을, 정확히는 다른 도시에서 다른 풍경을 보며 사는 일상에 대해 생각하기 시작했다.

　—비어 있으니까 지내면서 청소도 해주고 관리비랑 공과금도 내주면 되지.

　선은 집 내부를 찍은 사진 몇 장을 보내주었다. 방 두 개, 욕실 겸 화장실 하나, 단출하고 정갈한 거실과 주방이 한눈에 들어오는 20평대 아파트였다.

　영은 선에게 일주일치 방세를 송금했고 선은 그러려고 말을 꺼낸 게 아니라며 극구 사양했다. 영은 선이 알려준 주소와 현관 비밀번호를 보며 트렁크를 꺼냈다.

　좀 쉬다 오라고 제안한 건 부지점장이었다. 3개월 정도면 될 것 같은데. 여행을 다녀와도 되고. 부지점장은 테이블 위 찻잔에 국화차 잎을 넣은 뒤 뜨거운 물을 따랐다. 누가 잘못하고 말고의 문제를 떠나서 그게 서로에게 편하지 않겠어? 지점에서 계속 얼굴 마주치는 것보다. 푸슬푸슬하게 말라 있던 꽃잎이 뜨거운 물과 만나자 찻잔 속에서 서서히 벌어졌다. 잔 위로 김이 피어올랐다.

근무 시간에 도자기로 만든 찻잔에 국화차를 대접받는 건 처음이었다. 영은 금테를 두른 찻잔 대신 VIP룸을 둘러보았다. 직원들은 좋은 소식이 있거나 나쁜 일이 생겼을 때 VIP룸의 소파에 앉을 수 있었다. 벽 하나를 사이에 두었을 뿐인데 번호표를 뽑는 소리도 고객들을 안내하는 청원경찰의 목소리도 들리지 않았다. 룸 안에 은은한 단내가 퍼져나갔다.

부지점장은 들어, 하는 표정을 짓곤 차를 한 모금 마셨다. 영은 찻잔에 손을 대지 않은 채 부지점장을 바라보았다. 점심이 지난 오후, 쌍꺼풀 주름에는 파운데이션이 두껍게 껴 있었다. 부지점장은 찻잔을 테이블 위에 내려놓으며 숨을 길게 내쉬었다. 속으로 적절한 단어를 고르는 모양이었다. 왜 A나 B가 아니라 영에게 쉬라고 하는지 어떻게 잘못의 문제를 떠나서, 라고 말할 수 있는지, 이해가 되지 않았다. 배려를 가장한 명령이라고밖에 볼 수 없었다.

부지점장은 영이 A와 B, 두 사람의 사생활을 문제 삼은 바람에 지점의 공기가 불편해졌다고 했다. 과장인 A는 다른 지점에서 탐낼 정도로 실적이 눈에 띄는 데다 B는 대리고 영은 주임인 탓이라고는 하지 않았다. 다만 오프라인 지점을 줄여나가는 현실과 지점의 실적 순위에 대해 얘기했다. 지점 분위기가 중요하다고, 살아남으려면 신경 써야 한다는 점을 강조했다. 3개월 뒤에 복직하면 A 과장은 다른 지점으로 발령 나 있을 거라고, 선심 쓰듯 덧붙였다.

—그때까지만.

부지점장이 영의 눈을 쳐다보았다. 지점의 불편한 분위기 때문에 누군가 자리를 피해야 한다면, 그래서 쉬어야 한다면 영은 그게 자신은 아니어야 한다고 생각했다.

—왜 저한테 이런 얘기를 하세요.

영이 묻자 부지점장이 차를 한 모금 마신 뒤 두 손을 앞으로 모았다.

—그래서 내가 이렇게 부탁하잖아.

그녀는 회유와 부탁을 넘어 애원했다.

3개월 뒤면 A 과장은 승진과 함께 발령이 날 테고 B 대리는 지점에 계속 남아 있을 것이며 영에게는 3개월의 공백이 생길 뿐이다. 왜 내가 쉬어야 돼, 라는 마음으로 악착같이 버텨야 하는데 A와 B의 관계를 알게 된 뒤로 두 사람을 보기가 곤혹스러웠다. B와 따로 얘기한 다음에는 모두와 껄끄러워졌다. 그들은 상처받은 얼굴로 출근해서 각자의 자리에서 조용히 일하다가 영과 마주치면 원망의 눈빛을 내비쳤다. 다른 직원들은 모르는지 관심이 없는지 별다른 내색을 하지 않았다.

B의 아내가 호소하지 않았다면 영도 나서지 않았을 것이다. A와 B가 교묘하게 상황을 맞춰 점심을 먹으러 나가고, 회식 자리에서 식당 밖에 같이 서 있고, 모두를 보낸 뒤둘이 따로 시간을 보내려 하던 것이 의심스러웠지만 상관하지 않았을 것이다. 그런데 몇 주 전 자정 무렵 B의 아내명이 절박함이 느껴지는 메시지를 보냈다.

1년 전 B의 집들이에 다녀온 뒤로 그녀와 영 사이에는 친분이라는 게 생겼고 명은 B를 통해 직접 만들었다는 피클과 쿠키를 통에 담아 보내기도 했다. B 부부와 있으면 영은 마음이 따뜻해졌고 결혼해도 괜찮겠다는 생각이 이따금 들었다.

─늦은 시간에 미안해요. 이상하게 들리겠지만 혹시 어제 지점에서 회식했어요?

다음 달에 1박 2일로 워크숍을 간다는 게 사실인지, 지난달 주말에 본점에서 교육을 받았는지, B가 은행에서 어떻게 지내는지, 혹시 따로 만나는 사람이 있는지, 참았던 말을 쏟아내는 듯 명의 질문은 빠르게 도착했다. 영이 메시지를 입력하는 속도는 명의 다음 질문을 따라가지 못했다. 주말 교육과 1박 2일 워크숍이라니. 영은 사실을 어떤 방식으로 포장해야 할지 고민하느라 자주 손을 멈추었다. 쓰다 지우기를 반복하는 동안 새로운 메시지가 도착했다. 그동안 영이 봐온 명은 다정하고 마음이 넓고 차분한 사람이었는데 의심의 정황들이 명을 몰아붙이는 듯했다.

영의 답을 기다리던 명이 잠시 통화해도 될까요, 라고 물었다.

─아니요. 나는 아는 게 없고 할 얘기도 없어요.

영이 건전한 직장 문화나 도덕적인 결혼 생활을 바라는

건 아니었다. B가 제자리로 돌아가서 명의 고통을 멈출 수 있다면 그게 가장 좋은 방법이라고, 그러기 어렵다면 그가 어느 쪽이든 정리해서 두 사람의 혼란을 잠재우는 게 맞다고 생각했다.

며칠 고민한 영은 퇴근길에 B와 단골 밥집에서 마주 앉았다. B에게 조심스럽게 명의 얘기를 꺼냈을 때 맞은편 B의 얼굴에서 웃음이 사라졌고 경직되었다. B는 숨을 한번 거칠게 내쉬더니 A와 가깝게 지낸 건 맞지만 네가 생각하는 그런 관계는 아니라며 오해하지 말라고 선을 그었다. 자신은 가정을 지키고 싶다고, 지금 이러고 있는 것도 사람들 눈에 띌까 봐 겁난다며 주위를 둘러봤다. 영은 바닥에 떨어진 말들을 도로 주워 담고 싶었다.

같은 지점에서 일하는 동안 영과 B는 괜찮은 동료 사이로 지냈다. 돈은 무서워지고 사람은 싫어지네, 같은 얘기를 주고받으며 일의 고충을 나누었다. B의 친구를 소개받아 네 사람이 같이 영화를 본 뒤 저녁을 먹기도 했다. 소개가 연애로 이어지지 않았어도 영과 B 부부는 서로의 생일을 챙겼다. B가 자기 부부 문제에 신경 쓰지 말라며 미간을 구겼을 때 영은 앞으로 명과도 연락을 주고받지 말고 거리를 두어야겠다고 생각했다. 부지점장과 A 과장이 차례로 불러내 자신들의 불편함과 어려움을 일방적으로 토로하지 않았더라면 영은 이 일과 영영 상관없이 지냈을 것이다.

　선의 집은 터미널 뒤편 아파트 단지들을 다 지나친 뒤에 나타났다. 야트막하고 오래된 주택가 사이에 아파트 다섯 동이 띄엄띄엄 서 있었다. 엘리베이터를 타고 올라가 12층에서 내리자 쭉 뻗은 복도가 양쪽으로 펼쳐졌다. 1201호는 왼쪽 복도 끝이었다. 창가 쪽은 환하고 현관문 쪽은 그늘에 잠겨 있었다. 비밀번호를 누르고 들어서니 블라인드를 내려둔 어둑한 실내가 드러났다. 갇혀 있던 후덥지근한 공기가 영에게 밀려왔다. 영은 트렁크를 현관에 세워두고 안으로 들어가 블라인드부터 걷었다. 베란다 창문을 열어 바람이 통하게 한 뒤 집 안을 둘러보았다. 거실과 부엌에는 2인용 소파와 식탁이, 안방에는 옷장과 매트리스, 개켜둔

침구, 화장대, 작은방에는 책장 두 개가 있었다. 비어 있던 집이 아니라 누군가 아침에 출근하거나 잠시 외출한 것 같았다. 영은 두 개의 방을 둘러보다 작은방에 짐을 내려놓았다. 거실의 선풍기를 켜고 그 앞에 앉아 땀을 식혔다. 잘 도착했다고 선에게 메시지를 보내자 지내고 싶은 만큼 있어도 된다고, 방과 안에 있는 물건 모두 편하게 쓰라는 답이 도착했다.

부지점장도, 선도, 휴직에 대해 아는 사람들은 편하게 잘 쉬다 오라고 했다. 쫓겨나는 기분으로 휴직을 신청했고 도망치는 심정으로 S시에 왔다. 출근하지 않는 동안에도 영은 지점과 동료들에 대해 생각했다. 영이 쉬니 부지점장이 그토록 신경 쓰던 지점의 분위기가 좋아졌는지, 같이 창구에 앉아 일하던 동료들은 이 상황을 어떻게 받아들이고 있는지, B와 A는 관계를 정리했는지, 명은 여전히 고통 속에 있는지, 그런 것들에 계속 매였다. 잘못한 사람들은 따로 있는데 자신이 다 뒤집어썼다는 기분이 들면 이 부당함에 대해 폭로해버리고 싶어졌다. 휴직을 한 뒤 영은 노동부 사이트에 들어가서 양식을 내려받고, 직원 게시판에도 몇 줄 적어보았지만 쓰고 고치기를 반복하다 그만두었다. 쓰는 동안 격해지는 감정에 비해 자신이 쓰는 내용과 문장이 너무 뻔하고 진부했다. 억울한데 꺼내놓으니 시시했다. B에 대한 신뢰가 깨졌다고 하소연해놓고 아무 연락 없는 명 때문에도 마음이 상했다. 미운 감정, 이 사람 저 사람을 미워하는 감정이 잡초처럼 자라났다. 쉬는 동안 영은 그 억세고 무성한 풀들이 내면에 번져가는 것을 보았다.

베란다에서 밖을 내다보았다. 선의 말대로 아파트와 건물 몇 채 사이로 바다가 손바닥만 하게 보였다. 그 푸른색은 너무 이질적이라 진짜 같지 않았다. 피서객들이 수영복을 입고 저 바다 어딘가에서 해수욕을 즐기고 있다는 사실이 상상이 되지 않았다.

베란다 창문을 활짝 열어둔 뒤 그 앞에 선풍기를 세워놓고 회전시켰다. 볕은 길고 공기는 무거운데 선의 아파트에는 목이 짧은 선풍기 한 대뿐이었다. 소파에 앉아 바람이 시원해지기를 기다리는 동안 거실에 해가 뜨겁게 내려앉았다. 영은 소매를 어깨까지 걷어올렸다. 지점에서는 여름에도 실내 온도가 낮아서 긴소매 차림으로 창문을 등진 채 앉아서 일했고 해가 등 뒤에 떠 있다가 등 뒤에서 졌다. 오랜만에 여름을 정면으로 바라보는 것 같았다.

영은 냉장고 문에 붙어 있는 치킨집과 분식집 자석을 보았다. 배달 앱을 열어 주소를 변경하고 주문 가능한 음식점을 찾아보았다. 선의 아파트에서는 할 일이 없었다. 선이 알려준 와이파이 비밀번호로 인터넷을 연결해 음악을 틀었다. 뉴스를 몇 건 클릭해보다가 페이지를 닫았다. 이렇게 느슨하게 지내는 게 여전히 적응되지 않았다. 은행에 입사하기 전에는 툭하면 월급이 밀리는 회사에 다녔고, 대표가 허리에 손을 올린 채 턱을 치켜들고 야, 너, 그 따위로 일할 거야? 하고 반말하는 회사에서도 근무했다. 두 회사 모두 박봉에 업무가 넘쳤다. 영은 은행에 입사하기 위해 열심히 준비했고 합격한 뒤에는 정년까지 일할 거라고 큰소리쳤다. 정신을 차리고 보니 업무 시간 내내 피로감을 숨긴 채

번호표를 든 사람들의 얼굴과 목소리를 마주하고 있었고 0으로 시작한 시재를 0으로 마감하기 위해 4시 30분부터 긴장을 늦추지 못했다. 휴직하기 전에는 일주일만이라도 숫자와 돈, 고객님에서 벗어나고 싶다고 중얼거렸다.

영은 배달 음식을 시켜 식탁에 앉아 먹었고 먹은 것을 치우고 나서는 간단한 빨래나 청소를 했다. 집안일과 하루 두 번 샤워를 하는 것 말고는 다른 일을 하지 않았다. 첫날에는 베란다 창문만 열어두었다가 다음 날부터 복도 쪽 창문도 열었다. 바다를 보고 싶다고 생각하면서도 해변에는 나가지 않았다. 큰 소리로 웃으며 피서와 휴가를 즐기는 사람들을 볼 마음이 생기지 않았다. 언제까지 머물지 정하지 못한 채 선이 알려준 마트에 가서 매일 먹을거리를 조금씩 사 돌아왔다. 걸어서 오가는 동안 S시의 거리가 차츰 눈에 익었다.

무료함 속에서 영은 선의 물건들을 둘러보았다. 작은방 책장 하나에는 CD와 영화 DVD가, 다른 하나에는 책이 빽빽하게 꽂혀 있었다. 선이 영화를 좋아하는 줄은 알았지만 책과 CD는 누구의 취미인지 알 수 없었다. 영은 음악을 들으며 소파에 앉아 휴대폰으로 게임을 했다. 그러다 지겨워지면 책장에 꽂힌 책을 하나씩 꺼내 훑어보았다. 철학책, 인문 사회 계열 책, 시집, 소설까지 종류가 다양했는데 여러 분야 사람들이 쓴 에세이가 제일 많았다. 이별 뒤에 힘들어하는 사람과 인생을 돌아보며 후회하는 사람, 일을 그만두고 어딘가로 떠나는 사람들의 얘기가 덤덤하게 기록되어 있었다. 영은 에세이를 한 권씩 읽기 시작했다. 책을 넘기다 보면 누군가 그은 밑줄과 그 옆에 작은 글씨로 적어둔 메모가 나왔다. 그걸 발견하는 게 본문을 읽는 것만큼이나 재미있었다. 작고 길쭉한 글씨가 선의 것인지 애인이 남긴 흔적인지는 알 수 없었다.

난 아직 사랑을 몰라. 노인이 되면 알 수 있을까.

정말 꿈결 같네, 이 시간이.

메모는 대화처럼 이어졌고 그걸 읽으면서 영은 자기도 그 옆에 무언가 적어두고 싶어졌다.

단톡방의 메시지와 모임 날짜, 각종 쿠폰과 세일 정보가 휴대폰에 차곡차곡 쌓였다. 선의 집에서 지내는 동안 회사에 다닐 때 중요하고 신경 쓰이던 것들이 관심에서 천천히 멀어지고 불필요해졌다. 밖에 나갈 일이 없으니 화장도 하지 않고 옷도 대충 걸쳤다. 며칠 만에 이런 것들이 시들해진다는 게 이상했다.

마트에서 생수와 먹거리를 사며 색색의 펜과 얇은 노트를 한 권 샀다. 밤이 되면 소파에 앉아 책을 읽다가 떠오르는 생각을 노트에 두서없이 적었다. 그날 하루 쓴 돈, 읽은 책의 제목, 남겨진 메모에 하고 싶은 말, 그때그때 스치는 감정, 일기 같은 낙서, 편지 같은 낙서. 메모는 몇 줄 이어지다 말거나 하염없이 늘어졌다. 수신인도 이 사람 저 사람으로 바뀌었고 제대로 끝도 맺지 못했다. 억울함, 누군가에 대한 원망으로 시작했다가 미워하는 마음 주변을 맴돌았다. 내용과 상관없이 매일 무언가를 끄적거렸다. 노트의 페이지가 넘어갈수록 미운 마음이 영에게서 조금씩 밀려났다. 베란다에서 거실로 부는 바람은 여전히 후덥지근했다. 영은 수시로 땀을 닦아냈다.

—지내는 게 어때?

선이 메신저로 물었다.

—쉬고 있다는 얘기 들었어요. 미안해요.

명도 메시지를 보냈다. 명은 지점으로 찾아간 뒤에야 휴
직 소식을 듣게 되었다며 자신이 너무 늦게 알았다고, 미
안하다고, 덕분에 조금씩 나아지고 있다고 했다.

—회복하려고 노력 중이에요.

명의 상황이 어떤지 모르지만 노력 중이라는 말이 좋았
다. 그리고 덕분에, 라는 단어를 한참 바라보았다. 자신은
어떻게 지내고 있나. 영의 상념은 자신이 왜 나섰을까, B에
게 다른 방식으로 말했다면 어땠을까, 잘 해결할 때까지
동료로서 기다려줄 수도 있지 않았나, 에 오래 머물렀다.

영은 어른이 된 뒤 처음으로 생산적인 일을 하지 않으
며 시간을 흘려보냈다. 하루를 돌아보면 심심하고 지루한
날들이었다. 인생의 기이한 틈에 빠져서 오도 가도 못하는
기분이었다. 하지만 책에서 밑줄과 메모를 발견하고 거기
에 대해 생각하고 응답하는 일상은 새로웠다.

영은 선과 명에게 이번 여름은 이전의 여름과 조금 다른 것 같다고, 다른 여름을 보내고 있다고 썼다. 그리고 이곳은 여전히 덥다고, 여름이 지나갈 기미가 보이지 않는다고, 그렇지만 잘 지내는 것 같다고 덧붙였다.

지금은 우리가 헤어져도

마흔 번째 생일 파티 모임에서 그녀는 아이의 조기입학 얘기를 꺼냈다. 1, 2월생이 일곱 살에 입학하는 제도는 사라졌지만 그녀는 이 고전적인 방식에 약간의 낭만을 품고 있었다. 아이가 적응할 수 있다면 학교생활을 조금 빨리 시작하는 편도 나쁘지 않을 것 같았다.

아이의 친가 쪽 식구들은 숯불 위 석쇠에 양념갈비를 구우며 주식 얘기를 나누던 중이었고, 외가 쪽은 한정식 코스의 메인 요리로 나온 생선 살을 발라내면서 건강 문제에 대해 얘기하던 참이었다. 앉아 있기가 따분한 아이와 조카들은 고기를 몇 점 집어 먹고는 식당에 딸린 놀이방으로 몰려갔다. 그녀는 대화가 잠시 멈춘 틈을 타서 그런데, 라는 접속사와 함께 아이를 내년에 초등학교에 보낼까 고민 중이에요, 라고 말했다.

아이의 입학에 대한 의견은 반으로 나뉘었다. 양가 분위기가 비슷했다. 요즘 같은 세상에 진학이든 취업이든 1년이라도 시간을 벌게 해주면 좋다는 쪽이 세 사람, 이제 '빠른'은 없어졌고 긴 인생에 1년은 아무것도 아니니 다른 애들처럼 평범하게 여덟 살에 입학시키자는 쪽이 세 사람이었다. 양측 모두 개인적인 입장을 밝히면서도 고집을 부리거나 대립하지는 않았다. 엄마의 의견이 제일 중요하다며 그녀의 얼굴을 쳐다보았을 뿐이다. 그녀는 고개를 끄덕거리며 한쪽 모임에서는 잘 익은 갈비를 한 점 집어 먹었고, 다른 모임에서는 생선 살과 밥을 한 숟가락 떠서 입에 넣었다. 양가 가족들은 인생에 주어진 시간과 기회의 총량 법칙에 대해 얘기하다 원래 화제로 돌아갔다.

아이의 입학에 맞춰 1년 동안 휴직할 계획이었으므로 그녀의 의견이 중요하다는 건 맞는 말이었다. 방향을 정하

기 어려워 조언을 구했지만 결국 열쇠는 그녀가 쥐고 있었
다. 1년 일찍 입학의 문을 열지, 또래 친구들이 취학통지서
를 받을 때까지 열쇠를 손에 쥐고 있을지 그녀가 결정해야
했다. 그녀는 가족들과 한 테이블에 앉아 있었지만 대화에
서 멀찍이 떨어진 채 머릿속으로 가상의 시나리오를 그려
보았다. 그리고 정작 아이의 의견을 물어보지 않았다는 데
생각이 닿았다.

　집에 돌아와 그녀는 침대에 누운 아이의 머리를 쓰다듬
으며 초등학교 입학 얘기를 넌지시 꺼내보았다. 조기입학
이 뭔지도 모르면서 아이는 유치원 졸업 여행을 못 가고
졸업 발표회에 참석할 수 없다는 말에 드세게 반발했다.
싫어, 안 해, 를 외치며 침대에서 몸을 뒤채고 발로 이불을
걷어찼다. 온몸으로 거부하는 아이를 보며 그녀는 아직 받
침을 틀리는 맞춤법 실력과 지독한 편식, 낯선 곳에 가면
화장실 사용을 꺼리는 아이의 생활 습관을 떠올렸다. 또래
에 비해 키와 몸집이 작은 아이가 가방을 메고 교문으로
들어가는 모습을 상상하다가 천천히 고개를 저었다.

1년 동안 아이는 유치원 버스를 타고 친구들과 졸업 나들이를 다녀왔고 단체 티를 입고 율동과 합창을 하는 졸업 발표회도 무사히 마쳤다. 여전히 키나 몸집은 작은 편에 속했고 편식과 화장실 문제도 나아지지 않았다. 친구들 사이에서 엉성하게 율동을 따라 하는 아이를 보면서 그녀는 어떻게 학교에 일찍 보낼 생각을 했던 걸까, 스스로 의아해졌다.

다시 그녀의 생일이 돌아왔을 때 양가 부모님은 식사를 하다가 아이의 입학 선물 얘기를 꺼냈고 날을 잡아 같이 사러 가자고 했다. 아이의 친가 쪽에서는 입학식 때 입을 옷을, 외가 쪽에서는 가방과 신발주머니 세트를 선물해주기로 했다. 그녀는 아이의 입학이 더 이상 낭만이나 가능성이 아니라 현실이 되었음을 깨달았다.

부모님과 쇼핑몰에 가기로 한 날 하루 연차를 낸 그녀는 아침에 아이를 유치원에 보낸 뒤 잠깐 소파에 누워 눈을 감았다. 원래 계획은 낮 동안 아이가 하원할 때까지 책장 가득 꽂혀 있는 어린이책과 장난감 통을 정리하는 것이었지만 소파에 눕자 꼼짝도 할 수 없었다. 며칠 전부터 머리가 묵직하고 소화가 잘 되지 않더니 몸이 쉬는 날을 알아채고 휴식 모드에 들어간 것 같았다.

식탁 위에는 2주 전에 도착한 취학통지서가 놓여 있었다. 그녀는 출근하기 전이나 잠들기 전에 취학통지서를 펼쳐보았다. 아이의 이름과 주민번호, 배정받은 학교와 예비소집일, 입학 날짜가 적혀 있는 종이를 보고 있으면 아득해졌다. 그 종이는 아이를 새로운 세계, 사회인의 세계로 데려갈 초대장이자 아이가 타고 떠날 열차의 티켓이었다. 언젠가 내리게 되겠지만 입학하는 아이의 옆자리에는 당분간 그녀가 동승해야 했다.

그 동승 계획 때문에 그녀는 2월 말에 휴직 예정이었다. 업무는 새로 뽑은 계약직 직원에게 인계되었다. 휴직 결정으로 그동안 아이의 하원을 도와주고 그녀가 퇴근하기 전까지 집에서 간식과 저녁을 만들어 먹이며 아이를 돌봐주시던 이모님도 2월 말까지만 일하기로 했다.

이모님은 아이가 네 살 되던 해부터 하원 이후의 시간을 맡아주었고 이모님을 만난 뒤로 그녀는 두 번째 출근 같던 퇴근 이후 시간에 대한 심적 부담감이 잠잠해지는 걸 느꼈다. 그녀와 남편이 출근하면서 교대로 아이를 유치원에 맡기고 이모님이 데려와서 퇴근 시간까지 돌봐주는 평온한 일상이 몇 년 동안 계속되어왔고 언제까지나 계속될 것만 같았다.

이모님과 함께하는 동안 그녀는 퇴근 후 현관문을 열고 들어왔을 때 집 안에 퍼져 있던 된장찌개 냄새와 먼지 없이 보송한 바닥을 좋아했다. 싱크대와 욕실의 수도꼭지는 반짝거렸고 잘 개킨 수건이 수납함에 차곡차곡 쌓여 있었다. 냉장고나 옷장 안은 말끔히 정리되어 있어 굳이 손댈 필요가 없었다. 주말에 따로 청소를 하지 않아도, 연휴나 여름휴가처럼 긴 시간 살림에 공백이 생겨도 이모님이 복귀하면 깨끗해졌다. 그녀는 계절이 바뀔 때 하루 정도 연차를 내어 아이의 옷과 이부자리를 정리하면 충분했다. 이모님이 없는 저녁이나 일상은 상상하기 어려웠다.

자신이 어느 초등학교에 배정받았는지 알게 된 뒤로 아이는 자기 전에 침대에 누우면 학교 얘기를 종알거렸다.

"엄마, 선생님이 그러는데 학교 가면 아무 때나 화장실 가면 안 된대. 쉬는 시간에만 갈 수 있는 거래. 쉬는 시간에만 일어나서 돌아다닐 수 있대."

아이는 그 상황을 상상하기 어렵다는 듯 한숨을 쉬었다.

"숙제도 있고 시험도 본대."

"초등학교 가는 게 무서워?"

"그런 건 아닌데…… 좀 걱정돼."

아이에게 초등학교는 궁금하고 기대되면서도 이해되지 않는 세계였다.

"잘할 수 있을 거야. 유치원도 잘 다녔잖아."

그녀는 아이의 머리를 쓰다듬다가 끌어안고 입 맞췄다. 어떤 말도 아이 안에 안개처럼 번져 있는 막막한 두려움을 해소하기 어렵겠지만 용기를 주고 싶었다.

응, 이라고 대답해놓고도 아이는 도돌이표처럼 다시 엄마, 학교에서는, 하며 밤마다 엇비슷한 얘기를 반복했다.

그걸 듣고 대답하는 동안 그녀의 눈꺼풀은 무거워지고 말이 느려졌다. 아이가 언제까지 자신에게 이런 두려움을 털어놓을까 궁금해졌다.

그녀는 소파에 누운 채로 몸을 움직여 소화제와 두통약을 삼키는 상상을 했다. 편두통이 심해져 머리를 움직이기가 힘들었다. 관자놀이를 누르며 아이의 하원까지 시간이 얼마나 남았는지 가늠해보았다.

작년에는 어떻게 아이를 일찍 입학시킬 생각을 했을까. 그녀는 1년 전의 자신, 낭만에 기대어 아이를 조기입학 시키려 했던 자신을 타인처럼 낯설게 돌아보았다. 그때는 회사 분위기가 좋지 않아 일을 쉬고 싶었고, 아침에 아이를 등교시킨 뒤 돌아와서 마주할 청소나 세탁 같은 집안일보다 반나절이나마 주어질 자유 시간에 마음이 더 쏠렸다. 그런데 이제는 할 수만 있다면 취학통지서를 받기 전으로 돌아가고 싶었다.

그녀는 더 버틸 수 없을 때까지 버티다가 일어나서 소화제를 한 병 마시고 두통약을 삼켰다. 아이의 방문을 열어 책이 아무렇게나 꽂혀 있는 포화 상태의 책장을 한참 바라보았다. 새로운 교과서와 문제집 꽂을 칸을 마련하려면 아이 연령에 맞지 않는 책들을 빼야 하는데 움직일 기운이 없었다.

유치원 버스에서 내리며 아이는 애들아, 내일 만나, 가방 사러 갔다 올게, 하고 큰 소리로 인사했다. 선생님이 어떤 걸로 샀는지 내일 꼭 알려줘, 하며 손을 흔들었다. 그녀는 선생님과 아이 친구들을 향해 웃으며 인사하다가 버스가 시야에서 멀어지자 손을 내리고 웃음을 지웠다.

아이는 그녀의 부모님과 손을 잡고 쇼핑몰 안을 둘러봤다. 아동 브랜드 매장에서 초등학생용 배낭을 구경했고 아이가 마음에 들어 하면 그녀의 엄마는 직접 메보라고 한 뒤 뒷모습을 찍어 아이에게 보여주었다. 점원이 신발주머니를 꺼내 오자 그녀의 엄마는 지퍼를 열어 내부를 꼼꼼히 살펴보았다.

그녀는 조금 떨어져서 두 사람이 가방과 신발주머니를

고르는 모습을 바라보았다. 아이는 마음에 드는 가방을 보면 그녀에게 엄마 이거 어때? 하고 물었고, 그녀의 엄마도 이게 더 낫지 않냐? 하며 동의를 구했다. 그녀는 가방은 어떤 것이라도 상관없다고 생각하며 다 좋다고 대답했다.

그 순간 그녀는 니트 원피스 아랫단에 잡힌 주름이 신경 쓰일 따름이었다. 옷장에서 급하게 꺼내 입고 나오느라 구김을 확인하지 못했다. 손으로 펴보려고 애써도 주름은 사라지지 않았다. 두통약을 두 알 먹을까 하다가 한 알만 삼켰더니 약기운이 부족한지 오른쪽 이마가 지끈거렸다.

아이가 좋아하는 것과 그녀의 엄마가 마음에 들어 하는 것이 달라서 스포츠 매장이 있는 층으로 올라가 한참 더 구경했다. 그녀의 엄마가 까다롭게 이것저것 따지자 아빠가 대충 고르라며 퉁명스럽게 받아쳤다.

"요즘 누가 가방을 6년씩 메고 다닌다고 그래. 저학년 때 메다가 고학년 올라가면 바꾸는 거지."

그제야 그녀의 엄마가 순순히 동의하면서 아이가 마음에 들어 하던 가방 세트를 구매해 카페로 이동했다.

쇼핑백을 든 사람들로 북적이는 카페에서 어른들은 커피를 주문하고 아이에게는 딸기스무디를 시켜주었다. 음료를 마시며 저녁 메뉴와 유치원 졸업식에 대해 잠깐 얘기했다. 엄마는 꼬맹이가 이제 고생 시작이다, 하면서 아이의 앞머리를 쓸어 넘겼고, 아빠는 다 크는 과정이지, 적응하면 잘할 거다, 라며 격려했다. 유치원 친구들이 대부분 같은 학교에 배정되어 소란스럽게 헤어지지 않아도 된다는 게 다행이었다.

그녀의 엄마가 입학하는 데 더 필요한 건 없냐며 신발은? 학용품은? 하고 물었다.

"이제 사야지."

그러자 아이가 색연필은 학교에서 다 준대, 했다.

부모님은 식당가에 중국요리를 괜찮게 하는 집이 있다며 먹고 가자고 했고 그녀는 집에 돌아가서 샤워를 하고 아이를 재운 뒤 차가운 와인을 한 잔 마시고 싶었지만 따라나섰다.

침대에 앉아 아이는 비닐 포장을 벗기지 않은 가방과 신발주머니를 만지작거렸다.

"학교 가니까 좋아?"

"응. 근데…… 선생님은 나 잊지 않을 거라고 했어…….
언제든 만날 수 있다고 했어."

아이는 입을 삐죽거리다가 눈물을 흘렸고 그녀가 안아주자 결국 울음을 터뜨렸다. 유치원 선생님은 3월이 되면 새로운 7세 반 아이들과 생활할 것이고 아이도 1학년 교실에서 새로운 선생님과 친구들을 만나 적응해나갈 것이다. 금세 잊지는 않겠지만 떠올릴 이유도 많지 않을 테고 만날 일은 더욱이 없으리라.

그녀는 2월 말까지 오기로 한 이모님을 떠올렸다. 이모님은 초등학교에 입학하는 아이를 대견해했고 학교에 가면 더 의젓해질 거라며 그녀를 안심시켰다. 그녀의 집에서 일하는 동안 편하고 좋았는데 그만두게 되어 아쉽다고 덧붙였다. 좀 쉬려고 했는데 생각보다 빨리 다음 집이 구해졌다며 일복 많은 사람은 쉬지도 못하네요, 하고 웃었다.

그녀는 할 수만 있다면 이모님을 보내고 싶지 않았고 파트타임으로라도 붙잡고 싶었다.

"내년에 저 복직하면 다시 와주세요."

그녀의 부탁에 이모님은 말이라도 고마워요, 하며 그녀의 팔을 잡았다가 놓았다.

그녀는 이모님이 이제 다른 집에서 저녁거리를 만들고 그 집의 바닥과 세면대를 깨끗하게 닦으리라는 걸 알았다. 그녀도 누군가에게 안길 수만 있다면 얼굴을 묻은 채 울음을 터뜨리고 싶었다.

우리는 무엇에 기대어

   제주공항은 이동하는 사람들로 북적거렸다. 트렁크를 끌고 나가면서 나는 야자수 너머로 펼쳐진 하늘을 바라보았다. 벤치에 앉아 렌터카 회사의 셔틀버스를 기다리는 동안에도 하늘을 보았다. 입체감이 선명한 뭉게구름들이 눈앞에서 느리게 이동했다. 하늘을 보는 동안 목과 어깨와 손목이 부드럽게 이완되었다. 구름의 행렬은 내가 신입의 메일이나 회사의 상황과 무관한 공간에 와 있음을 일깨워주었다. 나는 평일 오후에 휴가지에 도착했고 렌터카를 받아 숙소로 가는 것 외에는 별다른 계획이 없었다.

지난주에 휴가를 신청하러 갔을 때 정 이사는 책상 위에 놓인 오일 버너 램프를 보고 있었다. 캔들의 불은 작지만 힘 있게 타올랐고 방 안에는 아로마 향이 퍼져 있었다. 창문을 가린 블라인드와 책상 주변을 둘러싼 커다란 나무 화분들 덕분에 정 이사의 자리는 요새처럼 보였다. 몇 년 동안 그녀의 방에는 화분을 비롯해 마음을 다스려줄 아이템이 꾸준히 늘어났다.

—이런 것들을 봐야 버틸 힘이 생겨.

화분을 들일 때마다 정 이사는 든든한 표정을 지었다. 책상 위에는 향나무로 만들었다는 지압 볼 한 쌍이 놓여 있었다. 동그랗고 단단한 나무 위에 황동으로 만든 원뿔이 적당한 간격을 두고 솟아 있었다. 정 이사는 자기 방에서 일하면서도 마스크를 챙겨 썼고 점심 식사 후에는 양치질을 한 뒤 새 마스크로 바꾸었다. 핸드크림 바르는 건 잊어도 소독 젤은 수시로 챙겨 발랐다.

다음 주에 휴가를 쓰고 싶다고 말하자 오일 램프를 보던 정 이사가 고개를 들고 내 얼굴을 가만히 쳐다보았다. 마우스 옆에 놓인 지압 볼을 왼손에 쥐고 힘을 주었다. 같이 일하는 동안 나는 갑작스럽게 결근하거나 휴가 일정을 바꾼 적이 없었다. 정 이사는 탁상용 캘린더를 넘겨 보며 스케줄을 확인하더니 다음 달 초에 쉬면 안 되겠느냐고 물었다.

—그때쯤이면 중요한 일도 대충 마무리되니까.

나는 그렇게 하겠다고 하는 대신 갑자기 말씀드려서 죄송하다는 말과 함께 업무는 차질 없이 마무리해놓겠다고 대답했다. 쉬어야 한다는 생각 외에 다른 것은 떠오르지 않았다. 정 이사의 이마에 굵은 주름이 두 줄 잡혔다. 신입의 일에 대해 털어놓을까 고민하다가 그만두었다. 휴가는 쉽게 얻을 수 있겠지만 팀장의 자질과 팀을 이끄는 노하우에 대한 지루한 조언을 들을 각오를 해야 했다. 정 이사는 업무 다이어리를 꺼내 살펴보더니 알겠다며 나가보라고 손짓했다. 고개를 숙이자 염색할 때가 지난 정수리 부분이 희끗희끗 드러났다.

고개를 꾸벅 숙인 뒤 문 쪽으로 걸어가는데 정 이사의

목소리가 들렸다.

　─김 팀……, 건강 잘 챙겨.

　뒤돌아보니 정 이사는 다시 오일 램프의 불을 들여다보고 있었다.

　건강을 챙기라는 말은 뜻밖이었고 그 말에 마음의 눈금이 조금 흔들렸다. 정 이사와 같이 일하는 10년 동안 업무 상황과 대처, 반응에 따라 감정이나 관계는 플러스와 마이너스 사이를 오갔다. 처음 몇 년 동안은 자주 출렁거렸고 2, 3년 전부터는 어느 쪽으로도 쉽게 움직이지 않았다. 제로에 가까워진 상태로 각자의 자리에서 일했다. 회사 생활에서 제로를 유지하기란 쉬운 일이 아니었다.

　다음 주면 출근하지 않아도 된다는 사실을 방패처럼 두른 채 탕비실에 들어가 아이스커피를 만들었다. 얼음을 씹는 순간의 해방감을 알게 되고서부터 나는 수시로 탕비실에 드나들었다. 답답할 때는 잠시만이라도 차갑고 단단한 것을 부수는 감각이 필요했다. 정 이사의 말대로 건강을 생각하면 그만두어야 하지만 순간의 갑갑함을 해소할 수 있다면 더 크고 단단한 얼음도 씹어 먹고 싶었다.

얼음을 깨물어 먹으며 휴가에 대해 생각하다가 신입이 보낸 세 번째 메일을 다시 열었다. 그것 때문에 쉬고 싶으면서도 그걸 해결해야 홀가분하게 쉴 수 있을 것 같았다. 내용을 재차 살펴본 다음 모욕감을 느꼈다면 사과하겠다고 썼다. 팀장으로서 상황을 중재하고 정리하다 보니 어쩔 수 없었다고, 그렇지만 서류를 공유하지 않은 건 명백한 잘못이며 문제는 내가 끄집어낸 게 아니라 드러난 거라고 덧붙였다. 나에게는 팀원이 한 명이 아니라 네 명이라는 문장은 타이핑했다가 지웠다. 일을 빨리 수습하고 싶은데 문장을 이어갈수록 사과에서 멀어졌다. 좀 더 부드럽게 타이르는 듯한 내용의 문장을 쓰고 나자 이렇게 원하는 답을 주고 마무리하는 게 맞나 의심이 생겼다. 이 문제에 대해 팀원들과 같이 얘기해볼까요, 라고 썼다가 키보드에서 손을 뗐다. 목과 어깨가 단단하게 뭉쳤다. 나는 임시 저장 버튼을 누른 뒤 뻣뻣해진 손목에서 힘을 뺐다.

오전에 탕비실에 들어갔을 때만 해도 휴가를 신청할 생각은 하지 못했다. 출근한 직원들이 경쟁하듯 커피를 내리고 탕약을 데우고 복사를 한 뒤 자리로 돌아간 10시의 탕비실은 한산했다. 환기를 시키지 않은 두 평 남짓한 공간에는 마실 것들의 냄새와 복사기의 열기가 떠다녔다. 나는 냉장고 옆 작은 창문을 열고 심호흡을 했다. 탕비실 안에 갇혀 있던 공기가 느리게 회전했고 얼굴에 초봄의 바람이 닿았다. 오래된 기계들이 이따금 소음을 냈지만 아무도 들어오지 않아 평화로웠다.

정수기에서 바로 얼음이 나왔다면 정 이사에게 휴가 얘기를 꺼내지 않았을 것이다. 머리가 지끈거려도 창문 앞에서 기지개를 몇 번 켠 다음 아이스커피를 만들어 자리로 돌아갔을 것이다. 두통약을 한 알 삼키고 커피 맛이 밴 얼음을 맹렬하게 깨물어 먹으며 신입이 보낸 메일에 답장을 보냈을 것이다. 그런데 온수와 냉수 버튼 옆 '얼음 준비 중' 표시에 빨간불이 들어와 있었다. 얼음이 만들어질 때까지 기다리는 수밖에 없었다. 나는 자리로 돌아가려다 기지개를 켜고는 옆으로 살짝 돌아간 스커트 선을 바로잡았다. 텀블러에 얼음을 가득 담기 전까지 아무도 나를 찾지 않기를 바라며 파쇄기 위에 휴대폰을 올려놓았다. 탕비실의 작은 창 너머로 보이는 하늘이 아득히 멀게 느껴졌다. 아르바이트를 하러 갔다가 욕설이 오가는 사무실 분위기에 놀라 죄송합니다, 라는 쪽지만 남겨둔 채 도망치던 스무 살 때로부터 20년이 지났는데 그때의 마음이 불쑥 떠올랐다. 뒷일 같은 건 생각하지 않고 죄송합니다, 라는 말만 남겨둔 채 사라져버리고 싶었다.

　신입의 첫 번째 메일을 받은 건 두 달 전이었다. 신입이 처음 팀 회의에 참석했던 날이었고 메일에는 다른 팀원의 발언에 대해 지적하는 내용이 담겨 있었다. 질문과 건의의 형식을 띠었지만 비난과 공격이 빽빽하게 이어졌다. 두 번째 메일은 한 달 전 새벽에 도착했다. 발신자 이름을 보는 순간 목 뒤가 뻣뻣해졌다. 새로운 업무를 배정받은 신입은 회사의 시스템과 사무실 분위기, 업무 분업과 다른 팀원들에 대한 불평을 길게 쏟아냈다. 누구를 향한 것이고 무엇에 대한 것인지 불분명한 분노가 전달되었다. 앞으로도 이런 메일을 받게 될지 모른다고 생각하니 가슴이 답답했다. 정신을 차리고 메일에 답을 하기에도, 수면제를 한 알 삼킨 뒤 다시 잠들기에도 애매한 시간이었다. 신입은 아마 모를 것이다. 나이도 많고 회사에 오래 다닌 팀장이 이런 메일 때문에 불면에 시달린다는 걸. 어떤 마음이 새벽에 그런 문장들을 타이핑해서 보내게 하는지 나 역시 공감하기 어려웠다.

잠이 부족한 채로 출근하자마자 커피를 내리러 탕비실에 들어갔다가 얼결에 얼음 버튼을 눌렀다. 요란한 소리와 함께 동그란 얼음들이 텀블러 안으로 쏟아졌다. 신입의 메일에 답장을 쓰다가 속이 답답해서 입안의 얼음들을 씹어 먹었다. 모니터를 보며 얼음을 와그작와그작 씹어 먹는 동안 묘한 후련함이 느껴졌다. 회의실에서 나온 정 이사가 김 팀장 아직 젊네, 얼음도 씹어 먹고, 하면서 지나갔다.

그날 이후로 출근하면 아이스커피부터 만들었다. 2월에

얼음을 씹어 먹으면 속이 얼얼해지고 머리가 띵해지는데
도 얼음에 집착했다. 가끔은 얼음 정수기만이 이 갑갑함을
함께 견뎌주는 진정한 동료라는 생각이 들었다. 팀장이 되
기 전에는 파쇄기 앞에 자주 앉아 있었다. 누군가는 복사
기 옆 상자에 쌓이는 이면지를 정기적으로 처리해야 하는
데 다들 좁고 냉난방도 안 되는 탕비실에 오래 머물기 싫
어했다. 나는 일주일에 두 번씩 파쇄기 앞에 작은 의자를
놓고 앉아 문서의 스테이플러를 하나하나 제거한 뒤 A4 용
지를 두세 장씩 기계 안으로 밀어 넣었다. 천천히 반복해
야 하는 일이라 상자의 반도 비우기 전에 어깨와 허리가
뻐근해졌지만 외부의 소리를 지우는 기계음과 상자 안 서
류들이 정직하게 줄어들고 잘게 쪼개지는 것이 좋았다. 파
쇄기 안에 서류와 이면지만 넣은 것은 아니었다. 일하면
서 주머니에 다급하게 구겨 넣었던 불쾌감, 모욕, 오해 같
은 감정들과 메일함과 메시지함에 쌓여가는 다양한 요구
와 질책도 가만히 흘려 넣었다. 그것들이 소음과 종이 먼
지 속에서 내용을 알아볼 수 없을 정도로 형태를 잃어가기

를 기다렸다.

세 번째 메일에는 팀원들 앞에서 자신의 실수를 들춘 게 너무 모욕적이라며 사과하라는 요구가 길게 적혀 있었다. 나는 '모욕'과 '사과'라는 단어를 오래 들여다보았다. 신입은 거래처에 보내야 할 서류를 깜박했고 회의 시간에 그 일로 곤란해진 다른 팀원에게 사과했다. 누구나 할 수 있는 사소한 실수였지만 평소에 신입이 다른 팀원들이 실수할 때마다 따지고 들었기 때문에 다들 못마땅한 표정이었다. 나 역시 실수 자체보다 자신에게 관대하고 타인에게 가혹한 태도가 더 문제라고 판단했다. 신입은 그 자리에서는 수긍하고 넘어가더니 새벽에 따로 메일을 보냈다. 그 이중적이고 이기적인 태도 앞에서 겨우 유지하고 있던 인내심이 툭 끊어졌다.

출근해서 자리에 앉으니 신입이 적대적인 표정으로 나를 쳐다보는 게 느껴졌다. 일련의 상황이 피곤했고 아이스커피 생각이 간절해졌다. 얼음이 준비되기를 기다리는 시간은 너무 길었다. 파쇄기 위에 올려둔 휴대폰에 눈길이 닿았고 정 이사에게 할 말이 있다는 메시지를 보냈다. 즉 흥적인 휴가 결정이었다.

렌터카를 받자마자 가까운 해변으로 갔다. 카페에서 샌드위치와 아이스커피를 주문하며 얼음을 추가했다. 바닷가에는 햇볕과 바람이 충만하고 사람들은 드물었다. 바다를 향해 다가섰다가 파도가 밀려오면 젖지 않으려고 도망치며 웃는 사람들, 모래에 앉아 바다를 바라보는 사람들, 풍경 사진을 찍는 사람들이 있었다. 하늘과 바다가 닿은 수평선을 보고 있으니 아득했다. 내가 모래 위에 앉아 이 모든 걸 보고 있다는 게 이상했다. 여기에 앉아 있는 사람이 내가 맞나. '진짜 나'는 탕비실에서 텀블러에 얼음을 담고 있거나 메일 창을 열어 문장을 지우고 더하는 짓을 반복하고 있을 것 같았다.

휴가를 얻은 뒤 나는 신입에게 모욕을 느꼈다면 사과하겠다는 내용의 메일을 보냈다. 그리고 비행기에 타기 전날까지 낮에는 팀원들과 회의하고 같이 점심을 먹으며 일했고, 밤에는 메일 창을 열어놓은 채 감정의 물결에 따라 즉흥적으로 문장을 더하거나 덜어냈다. 나도 어느새 새벽에 그런 문장들을 타이핑하는 사람이 되어 있었다.

나는 바다에서 멀찍이 떨어져 앉은 채 샌드위치와 커피를 먹었다. 바람이 불 때마다 사람들의 머리칼이 가볍게 흩날렸고 파도가 친 뒤에는 웃음소리가 뒤따랐다. 파도는 일정한 리듬으로 밀려왔다가 부서지고 바람은 여기를 지나 다른 곳으로 흘러갔다. 파도가 치면 가까운 곳의 모래는 반복적으로 젖고 먼 곳의 모래는 이리저리 흩어졌다. 떨어져 있는데도 파도가 가까이까지 밀려와 발이 고스란히 젖는 기분이었다. 지나가는 게 왜 이렇게 힘든지 알 수 없었다.

탕비실의 파쇄기 앞에 앉아 있던 시절에 나는 기계 하단에 조그맣게 쓰여 있는 'paper's partner'라는 글자를 보았다. 종이가 잘게 쪼개지는 동안 그 문구에 대해 계속 생각했다. 탕비실에 들락거리는 사람마다 허리를 숙인 모습을 보며 고생이 많다고 했지만 파쇄기 앞에 앉아 있던 시간 덕분에 회사 생활을 이어갈 수 있었다. 업무상 실수도, 의례적인 격려나 다짐도, 희미하게 형성된 유대감도 시간이 지나면 모두 파쇄기에 들어갈 것들이었다.

바람을 맞으며 파도를 보고 있으니 얼음을 씹어 먹는 일이 통쾌하거나 홀가분하지 않았다. 나는 샌드위치 포장지를 반으로 접어 주머니에 넣었다. 바짓단과 운동화에 묻은 모래를 털어내자 손바닥에 마른 모래가 들러붙었다. 모래를 만지작거리는 동안 회사 책상 위에 두고 온 일과 해결해야 할 관계가 조금 멀어졌다. 자리에서 일어서며 손바닥을 비벼 모래를 마저 털어냈다. 얼음 말고 나에게 다른 것이 필요하다는 생각이 들었다.

리치빌

리치빌 401호는 준과 내가 처음으로 갖게 된 집이다. 시
멘트 위에 페인트로 색을 입힌 빌라들 사이에서 대리석으
로 마감한 리치빌의 외관은 단단하고 기품 있어 보였다.
공동 현관문 앞에 붙여놓은 '리치빌'이라는 이름은 고전적
이고 과장된 느낌이 들었지만 집을 구하는 동안에는 이름
보다 신경 쓸 것이 더 많았다. 주변 전세가를 알아보던 준
은 리치빌의 매매가에 매력을 느꼈고 지은 지 오래되어 실
평수가 넓고 지분이 많다는 점에 마음을 굳혔다.

나는 공동 현관문 안으로 들어선 순간, 계단에서 느껴지
던 서늘한 고요함이 마음에 들었다. 401호는 비어 있는 상

태였고 여기에서 살면 어떨까, 그림을 그리는 동안 점점 기대감이 차올랐다. 이곳이 우리 집이 된다면 민의 방 벽지를 바꾸고 벽에 그림을 걸고 천장에 야광 별도 마음껏 붙일 수 있다. 민이 벽에 낙서할까 봐 더 이상 걱정하지 않아도 될 것이다. 아이방을 꾸미는 상상만으로도 괜찮은 엄마가 된 기분이었고, 잘 살 수 있을 것 같았다. 어쩌면 가구와 세간살이가 없는, 살림의 냄새가 지워진 공간에 매료되었는지도 모르겠다. 주말 오후에 방문했는데도 집을 둘러보는 동안 401호 내부와 빌라 주변의 공기는 차분했다. 20여 분 머무는 동안 창 안으로 한 줌의 소음도 들어오지 않았다.

2년마다 이사를 다니는 데 지쳐 있던 우리는 생애 첫 집을 계약하기로 결정했고 여러 면에서 무리했다. 취득세를 냈고 30년에 걸쳐 대출이자와 원금을 갚아나가기로 했으며 재산세 납부자가 되었다. 주소지를 갖는 건 전세나 월세 똑같지만 우리 집에서 산다는 감각이 무리한다는 부담을 상쇄시켰다.

리치빌 1층에는 소형차와 SUV, 출시된 지 20년 된 구형 차와 신형 외제 차가 나란히 주차되어 있었고 이십대부터 팔십대까지 다양한 연령대의 사람들이 거주했다. 현관문 잠금장치는 열쇠로만 여는 오래된 것부터 최신식 도어록까지 두루 섞여 있었다. 공인중개업소 대표가 여덟 세대 중에 어린아이를 키우는 집은 우리뿐이라고 알려주었다.

　리치빌에서 지낸 2년 동안 아이는 여섯 살이 되었고, 우리는 매달 대출이자와 원금을 갚아나갔다. 이사 계획이 없으니 부동산 뉴스에 무뎌졌고, 대출이자가 고정금리가 아니라 이율 변동에 신경 썼다.
　준의 회사가 한 시간 거리의 다른 지역으로 옮기게 되면서 오랜만에 이사 문제를 다시 꺼내게 되었다. 준은 집들이 때 놀러 왔던 후배 부부가 리치빌에 관심을 보인다고 했다. 회사 이전으로 이사를 고민한다는 말에 완과 정이 보러 가도 되느냐고 물었다는 것이다. 준과 나는 출퇴근에 두 시간씩 버리면서까지 이 집을 고집할 필요가 있는지 서

로와 각자에게 질문했다. 우리는 고개를 저었고 집을 파는 편이 좋겠다고 마음을 정했다.

인테리어 업자와 함께 방문해도 되는지 묻는 정의 메시지에 나는 민이 유치원에 가 있는 낮 시간에는 괜찮다고 답했다. 정은 이사하고 집을 새로 꾸밀 생각에 들떠 있다며 완이 인테리어 비용을 마련하기 위해 부지런히 일하고 있다는 말을 덧붙였다. 그러고는 그 말이 재미난 농담이라도 된다는 듯 박장대소하는 이모티콘도 같이 보냈다. 리치빌이 벌써 자신들의 집이 된 것처럼 이야기했다.

2년 전 집들이에 놀러 왔을 때 완과 정은 리치빌을 둘러보며 4층이라 채광이 좋고 바람도 잘 통한다며 부러워했다. 바닥재를 바꾸고 벽을 다른 색으로 칠하고 벽돌색 몰딩까지 손보면 더 근사한 집이 되겠다며 그 자리에서 페인트 색깔까지 골랐다.

—미색이나 베이지로 하면 깔끔할 것 같은데.

—아예 회색이나 연두색은 어때.

진지하게 얘기하던 두 사람은 준과 나를 보더니 우리가

너무 흥분했죠, 하며 소리 내어 웃었다. 이사 전에 리치빌을 둘러봤을 때 나 역시 비슷한 생각을 했다. 바닥과 벽은 그대로 두더라도 벽돌색 몰딩은 해결하고 싶었다. 준과 나는 은행에서 대출을 받아 이 집을 계약하느라 인테리어 공사는 엄두도 못 내는 상황이었다. 대출 금액과 매달 지불할 이자를 생각하면 지출을 줄여야 했다. 아이도 한창 크는 중이니 벽지나 바닥은 몇 년 뒤로 미루었고 벽돌색 몰딩도 접어두었다. 거실에 커다란 놀이용 매트를 깔면 인테리어는 큰 의미가 없기도 했다.

정은 이틀 뒤 낮에 방문하기로 했고 그들이 이사 오면 이 집이 어떻게 달라질지 궁금해졌다. 301호 노인이 살아 있었다면 인테리어 공사를 한다는 얘기에 어떤 반응을 보였을까. 속으로 두 사람은 복도 많지, 하고 생각했다. 아래층 노인의 죽음에 대해 알게 된 뒤 준과 나는 집을 팔지 말고 그냥 눌러앉을까, 잠시 고민하다가 미련을 버렸다.

준과 나도 세 식구가 살기 괜찮은 아파트를 찾아야 했다. 준의 회사와 가깝고 단지 내 놀이터 시설이 잘 되어 있어서 아이가 뛰어놀기 좋으며 초등학교도 가까운 곳, 그게 우리가 바라는 조건이었다.

날짜를 조절해봐야겠지만 더위를 피해 이사하기는 어려울 것 같았다. 2년 전에 이사 오던 날도 초여름답지 않게 폭염이 이어졌다. 에어컨 설치 기사는 일주일 뒤에나 방문이 가능하다고 했고 우리는 정리되지 않은 집의 어수선함과 이르게 찾아온 무더위, 금방이라도 비가 쏟아질 듯한 습기 속에서 이삿짐을 정돈했다. 거실과 안방 선반 위에 세워둔 온습도계의 숫자를 보며 설치 기사의 연락을 손꼽아 기다렸다.

일주일 만에 찾아온 설치 기사는 아침 일찍 도착했는데도 지쳐 보였다. 두 대의 실외기 중 하나는 베란다에 내놓고 다른 하나를 옥상에 올리는 동안 키가 크고 자세가 꼿꼿한 노인이 빌라 앞에 나와 설치 기사의 움직임을 지켜보았다. 그때까지 준과 나는 노인이 어디에 사는 누구인지 알지 못했다. 장마가 시작되기 직전인 6월 말의 공기는 텁고 습해서 가만히 서 있어도 온몸이 끈끈해졌다. 우리의 걱정은 현장을 관리, 감독하듯 노려보는 노인이 아니라 반소매 티셔츠 위에 조끼까지 입고서 땀을 뻘뻘 흘리며 계단을 오르내리는 설치 기사였다. 우리는 침실과 베란다 창문을 열어놓은 채 설치 기사 옆에 어정쩡하게 서서 상황을 바라보았다. 그가 선을 빼기가 애매한데, 선이 모자라겠는데, 같은 혼잣말을 하며 고개를 저을 때마다 더위에 시달리던 일주일을 떠올렸다.

한참 왔다 갔다 하던 설치 기사가 전기선을 옥상으로 올리려면 안방 창문틀에 구멍을 내서 밖으로 빼는 게 좋겠다고 했다. 설명을 들은 준이 나를 쳐다보았고 그렇게 하자는 의미로 고개를 끄덕거렸다. 설치 기사가 일을 시작하자 그때까지 밑에서 지키고 있던 노인이 손을 허리에 올린 채 소리를 버럭 질렀다.

— 선을 밖으로 빼면 어떻게 해. 누가 그렇게 하라고 했어.

그 말에 하던 일을 멈춘 설치 기사가 빌라 출입문 앞에 서 있는 노인을 한번 내려다보고 안방 창문 옆에 선 준을

쳐다보았다. 준이 자신도 영문을 모르겠다는 듯 고개를 젓
자 설치 기사는 황당하다는 표정을 짓고 다시 일을 시작
했다. 그러자 노인이 밑에서 삿대질을 하며 더 크게 소리
쳤다.

—지금 뭐 하는 짓이냐고. 시커먼 전깃줄을. 밖에서 보
면 우리 빌라를 뭐라고 하겠어.

설치 기사가 한숨을 내쉬며 손을 멈추자 준이 머리를 거
칠게 쓸어 넘겼다.

—실외기가 두 대라 이렇게밖에 설치가 안 된다잖아요.
곧 장마 시작인데 에어컨은 달아야 할 거 아닙니까. 빌라
생각만 해요? 그리고 언제 봤다고 반말이야.

나는 베란다 아래로 몸이 쏟아지려는 준의 팔을 잡아당
겼다. 노인은 대답 대신 눈과 입에 잔뜩 힘을 준 채 준과 나
를 노려보았다. 후덥지근한 공기는 4층과 1층의 거리를 일
순 가깝게 만들었다. 보다 못한 설치 기사가 내려가서 노
인에게 실외기 선에 대해 간단히 설명했다. 준이 말을 보
태려고 몸을 들썩이는 게 느껴져서 나는 그의 팔을 꽉 붙

잡았다.

—말 섞지 마. 미친 사람 같아.

노인 앞에 선 설치 기사는 손등으로 눈가의 땀을 문질러 닦았다. 안방 창문에서도 노인이 얼굴을 잔뜩 구긴 채 서 있는 모습이 보였다. 땀을 뚝뚝 흘리는 설치 기사를 보고 준은 창문에서 고개를 돌렸다.

우리가 기사에게 출장비를 지불한 뒤에야 노인은 시야에서 사라졌다. 계단을 오르는 발소리 끝에 3층 현관문이 거세게 닫혔을 때 그가 301호 거주자임을 알게 되었다. 준과 나는 서로 얼굴을 쳐다보며 말없이 미간을 구겼다. 뒤늦게 발견한 집의 하자가 무례하고 고약한 이웃이라는 사실이 골치 아팠다. 어디가 병든 탓일지 모른다고 이해해보려 애썼지만 노인의 호통과 탁하고 집요한 눈빛이 내뿜은 기운이 공기 중에 떠다녔다. 에어컨에서 나오는 냉기가 실내의 온도와 습도를 빠르게 낮췄지만 우리를 둘러싼 더위는 쉽게 사라지지 않았다.

정이 인테리어 업자와 출발한다며 주차를 어떻게 해야 하는지 물었다. 나는 401호 지정 자리와 그 옆의 402호, 뒤쪽의 501호 자리도 비어 있다고 알려주었다. 빌라 전체에서 301호만 주차 공간을 두 칸 차지했다. 노인의 차는 2년 내내 움직임이 거의 없고 딸과 며느리의 차로 추정되는 회색 중형차와 빨간색 소형차가 번갈아 가며 옆자리를 지켰다. 두 대의 차는 대체로 약간 삐딱하게 세워져 있었다. 단발머리와 안경 낀 사람 중 누가 딸이고 며느리인지 모르지만 둘 다 노인과 닮지 않았다. 301호 사람들이 노인의 차를 처분하면 리치빌에서는 정과 완 부부가 주차 공간 두 자리를 사용하게 될 가능성이 컸다. 나는 손님들을 위해 과일을 씻고 평소에 잘 쓰지 않는 유리컵을 꺼냈다.

벨 소리가 울리며 인터폰 흑백 화면에 정과 인테리어 업자의 얼굴이 비쳤다. 그동안 이 화면으로 301호 노인과 그의 딸과 며느리 얼굴을 몇 번이나 보았는지 모른다. 언젠가부터 노인은 벨조차 누르지 않고 주먹으로 현관문을 두드렸다. 아래층 사람들이 왔다 가면 아이는 제 방의 인디언 텐트 안으로 들어가 숨었다.

정은 2년 전에 비해 머리가 짧아졌지만 다른 부분에서는 시간의 흐름이 거의 느껴지지 않았다. 정은 완과 이 집 이야기를 종종 나누었다며 우리가 집을 팔리라고는 생각하지 못했다고 했다. 나는 준의 회사 이전과 아이의 입학 때문에 고민하다 결정했노라 답했다. 정이 아이스티를 마시며 빌라 주변과 내부 모두 조용해서 마음에 든다는 말을 덧붙였다.

—우리가 이사 가면 더 조용해질 거예요.

기대해도 좋다고 하자 정이 재미있다는 듯 웃었다. 201호에는 할머니와 중년 딸이 살고, 202호에는 할머니 혼자, 302호에는 부부와 이십대 남매로 이루어진 가족이 살았다. 옆집에는 아들을 군대에 보낸 부부가, 502호에는 삼십대 맞벌이 부부, 501호에는 오십대 남자 혼자 살았다. 윗집 남자는 밤 11시쯤 들어와서 코끼리처럼 쿵쿵거리며 돌아다녔다. 하루에 10여 분 정도지만 침대에 누워 발소리를 들으며 나는 아랫집의 항의를 받은 적이 없는 남자를 부러워했다. 그가 501호가 아니라 401호에 살았더라도 저 발소리가 계속 이어졌을지, 노인이 뛰어 올라가서 따졌을지 생각해봤다. 501호에 산다는 점에서 그는 운이 좋았다.

—그러고 보니까 집 전체에 놀이 매트를 깔았네요.

정과 함께 온 인테리어 업자가 바닥을 둘러보며 웃었다. 나는 톤과 높이를 맞추려 신경 써서 골랐던 매트를 보았다. 처음에는 거실에만 놀이용 매트를 깔았는데 이사 한 달 만에 안방과 아이 방 바닥까지 매트를 깔았다. 리치빌에 사는 동안 우리는 두툼한 매트 위에서 걷고 매트 위에 앉아서 휴식을 취하고 매트 위에서 잠들었다. 뒤꿈치를 들고 걷는 버릇이 생겼고 발아래를 잊고 살려 애썼다. 아이가 식탁 의자에 앉아 있다가 장난감 요술봉을 떨어뜨리거나 현관에서 매트까지 짧은 거리를 뛰어오는 찰나에도 아래층에 사는 노인과 가족들이 떠올라 몸이 굳었다.

—완이 저 방을 쓰고 싶다고 해서 잘 꾸며주려고요.

정이 아이방을 손으로 가리켰다. 완도 오고 싶어 했는데 새 앨범 녹음 일정이 갑자기 바뀌어서 못 오게 되었다. 그

방은 현관에서 가장 먼 제일 안쪽이었다. 열린 방문 사이로 인디언 텐트가 보였다. 아이는 그 안에 요술봉과 장난감 총을 같이 넣어두었다.

정은 인테리어 업자가 고등학교 친구라며, 이사 가는 집에 공사가 필요하면 맡겨보라고 권했다.

—감각 있는 친구예요.

비용도 잘 맞춰드릴게요. 옆에서 친구가 웃으며 고개를 숙였다.

—여기 너무 좋네요. 조용하고 주차 공간도 여유 있고, 빌라 앞에 앉아 계신 할머니들도 친절하시더라고요.

인테리어 하는 친구는 이렇게 괜찮은 집을 구하다니 정이 복이 많다며 부러워했다. 그 말에 정이 내일 완과 와서 계약서 쓸게요, 다른 사람 보여주시면 안 돼요, 하고 두 손을 모았다.

이사 가면 2층의 할머니들은 그리울 것 같았다. 날이 좋으면 201호, 202호 할머니와 그 친구들은 의자를 들고 빌라 앞에 나와 나란히 앉았다. 주차장을 따라 만들어둔 화단도 아기자기하게 가꿨다. 할머니들이 나오지 않을 때는 주차장 안쪽에 생김새가 제각각인 의자 네 개가 쌓여 있었다. 네 할머니는 햇볕을 쬐며 두런두런 얘기를 나누고 사람들이 지나가면 눈으로 뒷모습을 좇았다.

준은 출근길에 근처를 돌아다니는 301호 노인을 목격하곤 했다. 경보하며 동네를 산책하고 집게와 비닐을 들고 다니며 빌라 화단과 주차장의 쓰레기를 치우더라고 했다. 아침이 고약한 영감의 시간이라면 낮은 해바라기하는 할머니들 차지였다. 할머니들이 의자에 앉아 있으면 노인은 다른 길로 피해 다녔다. 시간대가 겹치지 않도록 공간을 나누어 쓰는 것이 평화를 유지하는 비결인 듯했다.

내가 아이와 함께 등원하거나 하원할 때면 할머니들의 고개는 우리를 따라 천천히 움직였다.

—아가, 어디 가냐. 어린이집 가냐.

할머니들은 아이를 볼 때마다 비슷한 질문을 던졌다. 처음엔 낯설고 겁이 나는지 내 뒤로 숨거나 손을 잡아당기며 빨리 걷던 아이는 할머니들과 자주 마주치자 어린이집 아니라 유치원 가는데요, 하면서 말문이 트였다. 의자에 나란히 앉아 있던 할머니들이 아이고 똑똑하다, 하면서 웃음을 터뜨렸다. 아이가 무슨 얘기를 해도 예쁘고 장하다며 감탄했다. 할머니들의 칭찬을 받은 아이가 어깨를 펴고 걸었다.

다른 이웃들과는 마주칠 일이 거의 없었다. 평소에 301호는 빈집처럼 조용했다. 노인과 딸이나 며느리 중 한 사람이 함께 지내는데도 인기척이 느껴지지 않았다. 서너 달에 한 번쯤 노인과 여자의 다투는 소리가 문밖으로 흘러나왔다. 아이를 유치원에 데려다주고 계단을 올라가다 날카롭게 오가는 목소리를 들은 적이 있었다. 네가 여기서 하는 일이 뭐냐. 말과 말 사이의 간격이 넓은 대화 속 노인의 목소리는 끝이 뾰족하고 여자의 대꾸는 차가웠다. 나는 3층과 4층 사이 계단참에 서서 두 사람이 어떤 구도로 있을지 301호 내부의 모습을 상상해보곤 했다. 그 소음을 끊고 들어가 시끄러우니까 둘 다 입 닥쳐, 라고 소리 지르고 싶은 충동을 누른 채 계단을 올라갔다.

그런 오전이 지나고 나면 주차장에서 차 한 대가 빠져나갔다. 301호의 주차 공간은 하나 비었고 아무도 그곳에 차를 대지 않았다. 1, 2주 정도 노인의 차만 홀로 자리를 지키고 있다가 다른 색 자동차가 주차장으로 들어왔다. 나는 삐딱하게 주차된 차를 볼 때마다 배턴 터치의 주기에 대해 생각했다.

노인과 여자는 각자의 공간에서 신경을 곤두세운 채로 우리 집에서 무슨 소리가 나기만 기다리는 것 같았다. 그러다가 의자를 길게 끌거나 장난감 떨어지는 소리가 나면 문을 열고 올라오는 것이다. 노인은 주먹으로 문을 쿵쿵 두드렸고 누구세요? 하고 물으면 아랫집이야, 반말로 대답했다. 아이와 나만 집에 있는 오후 시간대일 때가 많았다. 처음에는 무슨 일로 오셨느냐고 물었지만 점차 이유조차 묻지 않게 되었다.

아랫집의 방문에 나는 문을 열자마자 곧바로 죄송하다고 말했다. 살다 보면 바닥에 물건을 떨어뜨릴 수도 있는데 매번 올라오는 건 너무하지 않느냐고 항의할 수도 있고 소리를 빽 질러서 나도 만만한 사람이 아니라는 걸 보여줄 수도 있었지만 사과하는 쪽을 선택했다. 똥은 상대하지 말고 피하자는 것이 평소 준과 나의 신념이었다. 세상에 미친 사람은 많고 운이 나쁘게 우리 아랫집에도 그런 사람이 사는 것뿐이라고 넘기려 애썼다. 아이가 보고 있으니 나이 든 사람에게 화를 낼 수도, 같이 미친 사람이 될 수도 없었다. 아이의 세계에 악당은 문을 두드리고 벨을 누르는 아랫집 사람들로 충분했다.

사과를 받으니 할 말이 없어지는 건지 사과를 받고 싶어서 올라오는 건지, 죄송하다고 고개를 숙이면 노인은 잠시 노려보다가 쿵쿵거리는 발소리와 함께 계단을 내려갔다. 몇 분 남짓한 시간이 지났을 뿐인데 갑작스레 우박이 쏟아진 것처럼 집 안 분위기와 감정은 엉망이 되었다. 민과 내가 하던 놀이나 얘기는 이을 수 없이 끊어졌고 우리 사이에는 당혹스러운 적막만이 남았다. 나는 아이의 손을 잡으며 일부러 밝은 목소리로 말했다.

— 할아버지 귀가 잘 들리시나 봐. 우리가 조심해야겠다.

그런 뒤 아이를 끌어안고 괜찮다고, 아무 일도 아니라고
속삭였다.

노인이 안 오면 두 여자 중 한 사람이 어김없이 올라와
벨을 눌렀다. 설거지를 하다가 그릇을 떨어뜨리거나 바닥
에 나무 블록이 쏟아지거나 식탁 의자를 조금만 끌어도 그
녀들은 인터폰을 눌렀다. 누구세요? 하고 물으면 현관문을
긁는 듯한 목소리로 아랫집이에요, 했다. 문을 열면 눈 밑
이 거뭇한 중년 여자가 팔짱을 낀 채 서 있었다.

—너무하는 거 아니에요.

중년 여자는 견딜 수 없다는 표정을 지었다. 내가 사과
하면 무언가 해소되지 않은 얼굴로 돌아섰고 계단 아래로
사라졌다.

처음에는 층간소음 때문이라고 생각했는데 상황이 반복
될수록 301호 사람들은 무언가에 단단히 화가 나 있고 그
걸 해소할 곳이 필요한 것 같았다. 나는 불만에 휩싸인 노
인과 그 노인을 의무적으로 모셔야 하는 중년 여자가 천장
만 바라보고 있는 장면을 떠올렸다.

유치원에서 하원한 민의 손을 잡고 계단을 올라가는데 3층 현관문이 벌컥 열린 적도 있었다. 노인은 문밖으로 고개를 내밀더니 "조용히 좀 살아. 조용히" 하며 소리를 버럭 질렀다. 나와 눈이 마주치자 "뭘 쳐다봐" 하고 인상을 썼다. 마른 나무껍질 같은 얼굴을 향해 무언가 쏟아내려는데 민이 팔을 잡아당겼다. 고개를 돌리니 내 뒤로 숨은 아이의 까맣고 동그란 머리통이 보였다.

　―시끄러우니까 빨리 이사 가버려.

　노인은 그렇게 내뱉고는 문을 쾅 닫았다. 우리는 구정물을 뒤집어쓴 심정으로 그 자리에 잠시 서 있었다. 허벅지에 닿는 아이의 머리가 뜨겁고 묵직했다. 아이와 내가 올라오는 걸 알고 기다렸다가 나와서 소리를 질렀다고 생각하니 몸이 부들부들 떨렸다. 더운 숨을 몰아쉬며 잡은 손에 힘을 주었다. 겁에 질려 울음을 터뜨릴 줄 알았는데 계단을 오르는 동안 민은 무표정했다. 집에 들어와서 손을 씻은 뒤에야 내 품에 안겨 조금 울었다. 저녁 내내 아이는 인디언 텐트에서 나오지 않았다.

자기 전에 민에게 많이 무서웠지? 엄마가 할아버지 혼내줄걸 그랬나 봐, 하면서 끌어안자 아이는 고개를 세차게 저었다. 미안해, 라고 말하면 괜찮다고 말해줄 줄 알았는데 그 일에 대해 얘기하면 표정이 굳었다.

나는 계단에서 일어난 일을 준에게 오랫동안 비밀로 했다. 준에게까지 모욕을 전달하고 싶지 않았고 말을 꺼내면 준이 3층으로 내려가 큰 싸움이 벌어지거나 노인의 바람대로 우리가 진짜 이사 가게 될까 봐 두려웠다. 그러나 미친 사람은 피한다는 우리의 신념을 지키려다 민을 보호하지 못했다는 생각이 들면 속에서 뜨거운 것이 솟구쳤다.

길에서 큰 키에 마르고 안경을 쓴 강퍅한 인상의 사람을 보면 301호 노인이 떠올라 거리를 두고 피했다. 빌라 계단을 오르내릴 때마다 301호 현관문을 노려보았다.

301호에서 찾아오면 민은 인디언 텐트로 숨었다. 텐트 안에서 잠든 아이를 침대로 옮기는 준에게 적당한 때를 봐서 집을 팔자고 했다. 준이 고개를 가만히 끄덕거렸다.

정은 거실과 방과 부엌을 둘러보았고 인테리어 하는 친구가 카메라로 사진을 여러 장 찍었다. 두 사람은 바닥과 벽지, 몰딩과 현관문 색상을 상의했다. 친구가 줄자를 꺼내 길이를 재는 동안 정이 완의 연주곡을 들어보겠느냐고 물었다.

—지금 녹음하고 있는데 영화음악과 클래식 넘버 모음이에요. 선곡도 좋고 편곡도 잘됐어요.

정의 휴대폰 스피커에서 해금 연주곡이 흘러나왔다. 헨델의 〈울게 하소서〉는 사람의 목소리로 노래하거나 다른 악기로 연주한 것만 들어봤는데 해금은 처음이었다. 처연함이 원곡과 잘 어울렸다. 음악만으로도 공간의 느낌이 달라졌다.

이 집으로 이사 오면서 대단한 걸 바란 게 아니었다. 무리하게 대출을 받고 다달이 이자를 지불하면서 기대한 건 안정감과 편안함이었다. 계약 기간과 전세금 인상에 신경쓰지 않고 한곳에 오래 살면서 동네의 좋은 것들을 발견해나가고 싶었다. 민은 이곳을 어떻게 기억할까. 돌아앉은 조그마한 등을 떠올리면 울고 싶어졌다.

나에게는 스케치북만 한 풍경이 남았다. 거실 베란다에
서는 맞은편 빌라가 보였는데 부엌 창문으로는 이팝나무
를 감상할 수 있었다. 4절지 두 장 크기의 창문으로 풍성한
연둣빛 나뭇잎이 가득 담겼다. 민을 유치원에 보내고 돌아
오면 식탁 의자에 앉아 나뭇잎들이 바람에 흔들리는 모습
을 보며 차를 마셨다. 5월에는 하얗게 흐드러지는 꽃잎을
보며 과일을 씻고 설거지를 했다. 이 집이 베푸는 작은 행
운이 그 창문에 모여 있었다. 이팝나무를 볼 때면 아래층
의 사나운 존재들을 잊었다. 어느 밤엔가 준의 어깨에 머
리를 기댄 채 창밖으로 저 나무가 안 보였다면 견디기 힘
들었을 거야, 라고 고백했다.

한 달 전쯤 계단을 올라가는데 301호 현관문이 살짝 열
려 있었다. 나는 현관문에 몸이 닿지 않게 조심하며 코너
를 돌았다. 4층으로 올라가면서 곁눈으로 301호 안쪽을 살
펴보았다. 불 꺼진 거실 벽에는 낡은 괘종시계가 걸려 있

고 그 옆에 어두운 색 자카르 원단의 등나무 소파가 놓여 있었다. 사람은 보이지 않는데 안에서 여자들이 주고받는 말소리가 흘러나왔다.

　─이렇게 갑자기 갈 줄은 몰랐네.

　─천년만년 살 것처럼 굴더니.

　나는 두 계단쯤 위에 잠시 멈추어 섰다. 이럴 줄 알았으면 좀 더 잘 할걸. 울음 섞인 여자의 목소리가 이어졌고 나는 여든이 넘었지만 큰 키에 허리가 꼿꼿하고 몸에 군살이 하나도 붙지 않은 노인의 모습을 떠올리며 다시 계단을 올라갔다.

　저녁을 먹으면서 준에게 아래층에 무슨 일이 생긴 것 같다고 했다. 준은 음식을 씹으며 물음표가 어린 표정을 지었다.

　─누가 죽은 것 같아.

　준은 누구냐고 묻지 않았고 나도 더 이상은 말하지 않았다. 우리는 아래층과 죽음에 대해 얘기하지 않은 채 저녁 식사를 마쳤다.

301호는 표면적으로 아무 변화도 없었다. 소형차가 그 자리에 주차되어 있고 노인의 차도 원래 있던 자리를 지켰다. 나는 하얀 꽃잎이 떨어지는 이팝나무를 내려다보며 설거지를 했다. 어쩌다 물건이 바닥에 떨어져도 301호에서는 아무도 올라오지 않았다. 문을 두드리거나 벨을 누르는 일, 시끄럽다거나 너무하다는 말이 사라진 세계는 평온했다. 이 공간이 다정해졌다는 느낌을 받았다.

저녁을 먹으며 나는 발 아래쪽을 내려다보았다.

—아래층 사람들 말이야.

준도 고개를 숙여 발 디디고 있는 바닥을 보았다.

—가족들이 들어오지 않고 집을 팔았으면 좋겠다.

리치빌 401호는 처음 집을 보러왔을 때 느꼈던 고요하고 차분한 분위기를 되찾았다. 이곳에서의 생활이 만족스러워졌는데 이사를 가야 한다는 게 아쉬웠다.

정은 신발장을 손보고 현관문도 새로 칠하고 싶어 했다.

—내 집이다 싶으니까 이것저것 다 고치고 싶네요. 견적

이 꽤 나오겠는데.

정의 웃음소리는 기대에 차 있고 휴대폰 스피커에서는 완의 연주곡이 구슬프게 흘러나왔다. 정과 친구는 현관문과 신발장을 여닫고 패드의 사진을 보며 의견을 주고받았다. 이 집이 벌써 정과 완의 집이 된 것 같았다. 나는 식탁 의자에 앉아 창밖의 초록색 나뭇잎을 바라보았다. 음악이 끝나자 정이 내 표정을 살폈다. 한 번 더 들으실래요? 묻고는 연주곡을 재생했다. 집 안의 공기가 다시금 음악과 소리로 채워졌다.

그때 밖에서 초인종이 울렸다. 인터폰 화면에 팔짱을 낀 중년 여자가 보였다. 나는 불시에 공격당한 사람처럼 숨을 크게 들이마셨다. 문을 열자 아래층 여자가 집 안에 있는 우리 셋을 보며 미간을 찌푸렸다.

—문을 열었다가 닫았다가 너무 시끄럽잖아요.

문을 열었다 닫은 건 두세 번뿐이고 정과 친구의 목소리나 움직임은 일상적인 소음 수준이었다. 평일 대낮에 아래층에서 올라올 정도는 아니었다. 정과 친구는 황당하다는 표정으로 서로를 마주 보았다. 침묵 사이로 〈울게 하소서〉가 처연하게 흘렀다. 나는 평소처럼 사과했다. 여자가 내려가면 정에게 어떤 상황인지 차분하게 설명할 생각이었다.

내가 고개를 숙이며 죄송하다고 말하자 아랫집 여자는 얼굴을 일그러뜨린 채 입술을 꾹 깨물었다.

—우리 집이 지금 상태가 안 좋다고요······. 조심 좀 해줘요.

여자의 목소리는 심하게 떨렸다.

—······할아버지 일은 정말 안됐어요.

나는 한 달 만에 처음으로 노인의 얘기를 입에 올렸다. 놀란 듯 쳐다보는 여자의 코끝이 붉어졌다.

—······어쩌다가 듣게 됐어요.

여자는 뭐라고 말하려다가 갑자기 감정이 북받쳐 오르는지 손으로 입을 가렸다. 옆에 서 있던 정이 탁자 위의 휴지를 뽑아 여자에게 건넸다. 여자는 휴지로 눈과 코를 대충 닦아냈다.

—그것뿐이 아니에요.

여자는 거기까지 얘기한 뒤 휴지에 얼굴을 묻었다. 멈추고 싶은데 뜻대로 되지 않는지 한동안 얼굴을 들지 못했다. 완의 해금 연주는 다음 곡으로 넘어갔고 우는 소리가 연주에 섞였다.

─괜찮으세요?

정이 여자의 팔을 다독였다. 잠깐 들어와서 앉으시는 게 좋겠어요. 여자가 손을 들어 괜찮다는 표시를 했다. 나는 현관문 앞에 서 있는 두 여자의 모습을 보았다. 그건 리치빌 401호에 사는 동안 본 가장 낯선 풍경이자 기억할 만한 순간이었다.

다정한 밤

　그가 문을 열고 나간 뒤 나는 자리에 남아 한참 울었다. 눈물이 더 남아 있지 않다는 걸 깨닫고서야 지혈하듯 냅킨으로 눈두덩이를 차례로 눌렀다. 이혼하게 되리라고 예상했지만 대화가 격해지는 바람에 시기가 앞당겨졌다. 5년 동안 같이 살면서 애틋한 순간도 많았는데 1년 전부터 밥을 먹다가도, 차를 타고 가다가도 말다툼이 일어났다. 서로를 원망하며 할퀴었고 반년 전부터는 섹스가, 두 달 전쯤부터는 가볍게 손을 잡는 스킨십마저 완전히 사라져버렸다.

　그가 얘기 좀 하자며 방송국 앞으로 찾아왔을 때 나는

그 대화가 예전과 다르리라 예감했고 그것이 용서를 받는 계기가 되지 않을까 기대했다. 그는 내가 엘린스 무드에서 주문했던 남성용 셔츠 차림이었다. 조금 구겨지고, 단추를 하나만 풀어 목 부분이 답답해 보였지만 나는 모델이 입고 있던 모습을 기억했다.

그가 테이블 맞은편에 앉아 나의 즉흥적인 성격과 경제 관념 없음과 사치와 허영, 거짓말하는 습성에 대해 얘기하는 동안 우리의 관계가 저 멀리, 잡을 수 없는 곳으로 가버리는 걸 느꼈다. 그는 말을 하다가 앞머리를 거칠게 쓸어 넘겼고 감정을 추스르려는 듯 고개를 뒤로 젖혔다. 앞으로는 그가 내 말을 절대 믿지 않으리라는 확신이 들었다. 나는 테이블에 올려놓았을 뿐 손도 대지 않은 두 개의 머그잔 위로 따뜻한 김이 피어오르는 것을 보았다. 나에게 조금만 더 관대하게 대해줬다면 거짓말을 이어가지는 않았을 거라고, 속으로 항변했다.

—다시는 안 그러겠다며. 이게 몇 번째야……. 더는 못 하겠다.

그의 목소리는 이따금 테이블 너머로 흘러 나갔고 나는 조심스럽게 주위를 살폈다. 다행히 방송국 앞 카페는 평소보다 한산했고 아는 얼굴도 보이지 않았다.

그가 입을 다물어버리자 나는 이 관계에 대해 포기하는 심정이 되었고 머릿속으로 다음 달 카드값을 계산하기 시작했다. 그의 월급 없이 카드값을 해결하려면 물건이라도 내다 팔아야 했다. 값이 나가는 것들을 꼽아보는데 "오늘 자정까지 엘린스 무드 전 상품 깜짝 세일"이라는 메시지가 손안에서 울렸다. 나는 장바구니에 넣어두었던 푸른색 리넨셔츠와 크림색 홀가먼트 니트를 떠올렸다. 엘린이 인스타그램에 사진을 올렸을 때부터 갖고 싶던 것이었다. 주문하기 버튼을 눌러서 결제를 완료할 수 있다면 얼마나 좋을까. 오늘 같은 날 세일이라니 야속했다.

인스타그램에서 공구 형식으로 물건을 파는 사람들은 많고 좋은 상품도 넘치지만 나는 엘린의 일상과 물건을 파는 태도에 더 끌렸다. 그녀는 솔직하고 위트 있고 무엇보다 노력한다는 분위기를 풍겼다. 며칠 전에는 결혼 5주년

기념 케이크의 촛불을 끄는 엘린과 남편의 사진이 올라왔다. 두 사람은 마주 보며 웃었고 한쪽 팔을 머리 위로 올려 커다란 하트를 만들었다. 사진과 영상을 보며 저 여유로운 삶과 결혼 생활은 어떻게 지속되는 걸까, 궁금했다.

엘린과 세일에 대해 생각하느라 침묵 끝에 그가 한 말들이 옆으로 밀려났다. 제대로 듣지 못해 해명도 사과도 하지 않자 그는 고개를 연거푸 저었다.

—그래. 이제 와서 그런 게 뭐가 중요하겠냐. 각자 알아서 살면 되지.

그는 그렇게 말한 뒤 일어나서 카페 밖으로 나갔다. 그의 말과 행동을 돌이킬 수 없게 되었다는 사실에 그제야 눈물이 흐르기 시작했고 걷잡을 수 없는 눈물을 멈추기 힘들었다. 지난주에는 프로그램 개편을 앞두고 작가를 교체한다는 통보를 받았다. 어느 정도 예상하고 있었지만 모든 것이 너무 한꺼번에 밀려왔다.

고정적인 수입이 끊겨서 두렵고 좋아하던 프로그램에서 밀려난 것과 그와의 관계에 회생 가능성이 사라지는 것이

속상했다. 엘린스 무드에서 깜짝 세일을 하는데 장바구니에 넣어둔 옷을 살 수 없는 것도 마음 아팠다. 라디오 프로를 맡고부터 DJ가 된 마음으로 대본을 썼고, 엘린스 무드를 알게 되면서는 엘린처럼 살려고 노력했다. 엘린이 파는 화장품과 헤어 제품을 쓰고, 엘린스 무드의 옷으로 갈아입은 뒤 외출 전에 거울을 보면 나에게도 엘린이 추구하는 분위기가 느껴지는 것 같아 흡족했다.

카페 안의 사람들은 일행과 담소를 나누며 커피를 마셨다. 빈 테이블이 보이지 않고 자리에 앉은 사람들은 모두 좋은 시간을 보내고 있는 듯했다. 마음을 회복하는 즉각적이고도 확실한 방법을 알지만 실질적인 공백을 메울 길이 없었다. 당장 이번 달 카드값도 결제금액이 부족했다. 눈물 때문에 눅눅해진 냅킨을 접으며 도움을 청할 사람들을 떠올려봤다. 다시 일을 구하고 지낼 곳도 찾아야 했다. 내게 남은 건 지난달에 사서 아직 반짝임을 잃지 않은 테니스 팔찌와 조심스럽게 들고 다녀 새것에 가까운 가방 몇 개, 옷장에 빽빽하게 걸려 있는 엘린스 무드의 옷뿐이었다. 나도 내가 병들었음을 안다. 월급은 뻔한데 씀씀이의 빈틈을 거짓말로 메우려 했다. 밥을 먹고 커피를 마시면서도 늘 한도 초과와 결제금액을 걱정했다. 0에서 다시 시작할 수 있다면 달라질 수 있는데 그는 나를 믿을 수 없다며 떠나버렸다.

창밖에는 어둠이 내리고 문이 열릴 때마다 카페 안으로 봄밤의 따뜻하고 달콤한 공기가 들어왔다. 집으로 돌아가는 사람들에게는 평화롭고 다정한 저녁이 시작될 것이다. 나는 엘린스 무드에 접속하지 않으려고 애쓰면서 휴대폰 연락처를 천천히 훑어봤다. 그리고 기역, 니은, 디귿, 목록이 줄어가는 걸 바라보았다. 그들 중 누구에게도 내 사정을 털어놓을 수 없었다. 휴대폰을 손에 쥔 채 카페 안을 둘러보았다. 여기에 나를 도울 사람이 있기라도 한 것처럼 간절한 마음으로.

문을 열고 들어와 앉을 자리를 찾으며 두리번거리는 남자가 눈에 띄었다. 모르는 사람인데 아는 얼굴이었다. 남자는 케이크의 촛불을 끄던 동영상 속에서 입었던 흰색 리넨

셔츠와 진한 네이비 팬츠 차림이었다. 머리 스타일, 뿔테 안경의 모양과 색도 같았다. 화이트 골드 베젤에 다이얼이 푸른색인 손목시계도 사진 속 그대로였다. 엘린의 남편이 왜 여기에 있지. 오늘 오전 엘린의 게시물에는 친한 언니와 브런치를 먹는 사진이 올라왔다. 남편이 출장 가서 오랜만에 누리는 자유 시간이라며 두 사람은 환하게 웃었다. 사업을 하는 남편은 외국에 자주 나갔고 돌아올 때마다 수입되지 않은 명품 가방과 신발을 선물했다.

남자는 일행이 없는 나를 발견하고는 다가왔다.

—잠깐 의자 좀 써도 될까요.

향수 냄새 사이로 희미하게 술 냄새가 느껴졌다. 내가 고개를 끄덕거리자 남자는 의자를 테이블의 끝 쪽으로 옮긴 뒤 거기 앉았다. 내 시선을 느꼈는지 손가락으로 자신의 코와 뺨과 입가를 순서대로 가리켰다.

—혹시 제 얼굴에 뭐가 묻었나요?

—아…… 아니에요. 아는 분하고 닮아서요.

—평소에 그런 얘기 많이 들어요. 제 얼굴이 좀 흔한가

봐요.

남자는 멀찍이 떨어져 있던 의자를 내 쪽으로 살짝 끌어당겼다. 이 남자가 엘린의 남편이라는 걸 알면서도, 엘린스무드의 고객이라 엘린도 알고, 당신이 누군지도 안다고 말할 수는 없었다. 안다니. 엘린을 안다고 하기에 나는 친구나 동창도 아니고 이웃이나 다이아몬드 고객도 아니었다. 모른다고 하기에는 그녀의 목소리와 말투, 표정, 얼굴에 있는 점의 위치까지 다 알고 있었다. 남편과 아이의 얼굴, 동생과 친한 동네 언니, 그들의 옷 사이즈와 피부 타입도 전부 알았다. 집에 가본 적은 없지만 인테리어를 어떻게 했는지 점심으로 무얼 먹었고 저녁에 누구와 어디에서 만나기로 했는지, 그녀가 보여준 것이라면 다 알았다.

남자는 에스프레소를 마시며 누군가와 통화했고 나는 인스타그램에 접속해서 엘린의 피드를 살펴봤다. 남자가 휴대폰을 테이블에 내려놓으며 카페 안을 둘러봤다.

—여기는 방송국에서 일하시는 분들이 많이 오시나봐요.

그 말은 나에게 하는 말 같기도 하고 혼자 중얼거리는 소리 같기도 했다. 내가 쳐다보자 그가 혹시…… 방송국에서 일하세요? 하고 물었다.

—아니요.

나는 온라인쇼핑몰에서 옷이나 화장품을 팔고 가끔은 액세서리나 식음료 공동구매를 진행한다며 남자의 얼굴을 살폈다. 턱을 만지작거리던 남자가 자신도 그 세계에 대해 조금 안다고 했다.

—가까운 사람이 쇼핑몰을 해요.

남자는 눈썹을 장난스럽게 움직였다. 나는 엘린이 지난달에 공구를 진행한 테니스 팔찌 얘기를 꺼냈다. '반짝이는 것만이 위안이 된다'는 문구와 함께 엘린은 작은 다이아몬드가 촘촘히 세팅된 테니스 팔찌 사진을 올렸다. 고객들은 문구에 공감하며 뜨거운 관심을 보였다. 그 팔찌를 사면서 내 카드는 한도가 초과되었다. 그에게는 큐빅이라고 둘러댔지만 언제까지나 속일 수는 없었다. 그걸 무리해서 사지 않았다면 관계가 완전히 깨지는 걸 막을 수 있었을까.

엘린의 행세를 하기로 마음먹은 김에 나는 엘린의 취향과 좋아하는 음식과 자주 가는 레스토랑과 일하는 패턴에 대해서도 얘기했다. 남자가 자신의 아내와 비슷하다는 느낌을 받으면 좋겠다는 짓궂은 마음이 생겼다. 남자는 중간중간에 오, 하는 감탄사를 내뱉으며 흥미롭게 들었다.

—제 지인도 그래요. 세상에 비슷한 사람들이 많다는 게 재미있네요.

그는 장난을 즐기거나 타고난 거짓말쟁이인 것 같았다.

—그런데 무슨 일 하세요?

—저는 사진 찍어요. 오늘 누굴 좀 만나려고 왔는데 일이 생겨서 못 온다네요.

남자는 자신의 컵을 들었다가 빈 것을 확인하곤 커피 한 잔 더 하실래요? 하고 물었다. 내가 망설이자 손목시계의 푸른색 다이얼을 들여다본 뒤 와인을 좋아하느냐고 물었다. 술이라……. 나는 이 모든 상황이 이상하고 우스웠다. 카페 밖은 어느새 어두워졌고 한 일도 없는데 허기와 피곤이 몰려왔다. 이 질문과 제안이 가벼운 것인지 아니면 무거운 것인 생각해봤다. 그러자 직접적으로 말해버리고 싶어졌다. 당신은 누구고 왜 여기에서 나에게 와인을 좋아하느냐고 묻는지.

—전 일하러 가야 돼요.

—아, 일…….

남자가 뭔가를 가늠해보려는 듯한 얼굴로 고개를 여러 번 끄덕거렸다.

—이제 밤인데…… 선약이 있어요?

나는 남자를 좀 더 골려주고 싶었지만 그건 아까 흘린 눈물과 이 밤의 의미에 대한 예의가 아닌 것 같았다.

—시장에 물건 떼러 가야 해요. 돈 벌어야죠.

내가 가방을 챙겨 일어서자 남자가 무슨 말인지 알겠다는 듯 아, 하며 웃었다. 돈 벌어야죠, 가세요, 하며 테이블의 가운데 의자로 옮겨 앉았다. 엘린은 물건을 바잉 하러 가기 전에 시장에서 떡볶이와 순대를 시켜 먹었다. 나는 엘린이 된 기분으로 카페 밖으로 나왔다. 이 밤이 모두에게 평화롭고 다정하지는 않을 것이다. 모든 밤이 그렇겠지만 말이다.

닮아가는 사람들

미용사는 거울 속 여자의 얼굴을 보며, 어떻게 해드릴까요? 하고 물었다. 애시그레이로 염색한 미용사의 긴 머리가 여자의 등 뒤에서 찰랑거렸다.

여자는 고개를 좌우로 돌려 거울에 비친 부스스해진 단발머리를 살펴보았다. 정수리와 앞머리 쪽에 흰머리가 눈에 띄었다. 어깨에 닿아 사방으로 뻗치는 단발머리를 다듬으려고 왔는데 미용 가운을 두르고 앉아 거울을 들여다보려니 혼란스러워졌다. 거울 속에는 다른 여자가 앉아 있었다. 그 여자는 몇 년 전에 세상을 떠난 엄마를 닮았고 곧 환갑을 맞는 큰언니처럼 보이기도 했다. 여자는 눈앞의 커다란 거울에서 벗어나고 싶어졌다. 당황하자 중력의 영향을 오래 받아 침울해 보이는 얼굴이 붉게 달아올랐다.

—커트를 할까…… 파마를 할까 고민 중이에요.

여자가 머뭇거리자 미용사가 그럼 좀 더 생각해보라며 여자의 배 위에 넓적한 쿠션을 올려놓았다. 그리고 그 위에 패션잡지를 한 권 얹어주었다. 웃을 때 둥글게 휘어지는 눈매가 원장과 꼭 닮았다. 원장의 시간을 뒤로 돌리다 보면 미용사의 길고 풍성한 머리와 주름 없이 통통한 뺨을 마주칠 수 있을 것 같았다.

여자는 패션잡지 대신 정면의 거울을 바라보았다. 앞머리, 정수리 쪽에 난 흰 머리카락들이 안면홍조와 대조를 이루었고, 거울 속 이목구비는 엄마와 언니와 여자의 얼굴을 오갔다. 잘 아는 얼굴들이거나 자주 보는 얼굴인데 낯설었다. 하아, 한숨을 쉬자 여자의 얼굴이 좀 더 붉어졌다.

며칠 전에 예약하려고 전화했을 때 원장은 외국에 사는 큰딸에게 급한 일이 생겼다며 그동안 막내딸이 와서 머리를 해줄 거라고 했다.

　―나보다 잘해요. 다른 데 오픈 준비하고 있는데 한 달만 봐달라고 부탁한 거야. 돌아오면 나는 단골 다 내주고 그만둬야 할지도 몰라.

　막내딸 얘기를 하는 원장의 목소리에는 손님을 안심시키려는 의도보다 자부심이 더 진하게 묻어 있었다. 여자보다 나이가 열 살쯤 위인 원장은 몇 시간씩 서서 로드를 말고 커트를 하고 드라이를 하면서도 파스 냄새 한번 풍긴 적이 없었다.

　반년 전에 여자가 이른 아침 미용실에 갔을 때 원장은 머리에 뭔가를 바른 채 문 앞 간이 의자에 앉아 있었다. 여자를 보더니 들어가 있어요, 염색약인데 10분만 있으면 끝나, 했다. 종이컵에 믹스커피를 두 잔 타서 여자에게도 내밀었다.

　―나는 이거 냄새 때문에…… 조금 이따 들어갈게.

　평소에 여자는 달고 진한 커피를 마시지 않지만 그날은 간이 의자에 앉아 있는 원장의 뒷모습을 보며 믹스커피를 훌쩍거렸다. 어깨가 좁고 앉은키가 작은 원장은 아이처럼 보였다. 진한 갈색 염색약을 바른 머리가 햇빛을 받아 반짝거렸다.

머리를 헹구고 온 원장이 여자의 목에 커트보를 두르면서 난 미용실 그만두면 이놈의 염색부터 때려치울 거야, 하고는 소리 내어 웃었다.

—잘 보일 사람도 없는데 흰머리로 지내야지.

원장은 여자의 머리에 로드를 말며 언니처럼 말했다.

—아직 흰머리 염색할 때는 아니야, 아예 시작을 하지 마요.

샤워를 하고 난 뒤에 머리를 말리다가 삐죽삐죽 튀어나온 흰머리를 발견하면 여자는 염색약을 바르고 햇빛 아래 앉아 있던 원장의 뒷모습을 떠올렸다.

거울 속 얼굴을 처음 본 건 아니었다. 그 얼굴은 큰언니에게 먼저 나타났다. 여자는 몇 번인가 언니에게 엄마 얼굴이 나오네, 라고 했다. 언니는 복잡한 표정으로 맹렬하게 부채질을 했다.

―너도 나이 들어봐라, 별수 있나.

별일이 없어도 언니의 얼굴은 침울해 보였고 자주 땀으로 번들거렸다. 시간이 지날수록 여자는 그 얼굴을 만나게 될까 봐 거울을 오래 들여다보기가 꺼려졌다.

긴 머리의 미용사가 여자에게 믹스커피가 든 종이컵을 건넸다.

―이 앞에 잠깐 앉아 있을게요. 어떻게 할지 정하시면 알려주세요.

미용사는 문 앞 간이 의자에 앉아 누군가와 통화했다. 재미있는 이야기를 나누는지 환하게 웃으며 어깨를 들썩거렸다. 여자는 반년 만에 달고 뜨겁고 진한 커피를 홀짝이며 유리문 밖을 내다보았다. 애시그레이로 염색한 미용사의 긴 머리는 햇빛을 받아 은색으로 빛났다. 그것은 거의 흰색에 가까웠다. 젊고 건강한 흰머리에 여자는 눈이 부셨다.

미류의 계절

   출입문이 열리며 풍경 소리가 났을 때 미진은 카운터에 앉은 채로 문 쪽을 바라보았다. 카페 내부를 둘러본 뒤 그냥 나가는 사람들도 있어서 손님이 주문하러 올 때까지 앉아서 기다렸다. 그래서 야구 모자에 마스크를 쓴 여자가 안으로 들어와 출입문 쪽 테이블에 앉았을 때도 카운터에서 일어나지 않았다. 중년 여성 두 사람이 나간 뒤 10분 정도 카페에는 손님이 한 명도 없었다. 미진은 주문받을 준비를 하며 여자를 지켜보았고 연예인 누구를 닮았는데, 하고 생각했다. 여자는 따뜻한 아메리카노를 한 잔 주문한 뒤 계산했다.

여자는 휴대폰을 보다가 테이블에 내려놓고는 벽으로 시선을 옮겼다. 여자가 커피를 마시려고 마스크를 내렸을 때 미진은 그녀가 배우 미류라는 걸 알아봤다. 이 동네에 사나, 근처에 인테리어가 근사한 대형 카페들이 많은데 왜 이런 데서 혼자 커피를 마시는지 궁금했다. 혹시 허름하고 사람 없는 카페에서 몰래 누구를 만나려나. 그러나 미류는 커피를 마시며 혼자 30분쯤 앉아 있다가 컵을 반납한 뒤 나갔다. 컵을 치우고 테이블을 닦으면서도 미진은 미류의 방문이 실감 나지 않았다.

카페 안이 비자 미진은 음악 플레이리스트를 바꾸고 미류에 대해 검색해보았다. 좋아하던 배우도 아닌데 직접 보니 호기심이 생겼다. 미류는 최근에 개봉한 영화에서 발랄한 이십대 여성 캐릭터를 제대로 소화해내지 못했다는 혹평을 받았고 홍보를 위해 출연한 예능 프로그램에서는 태도 논란으로 구설수에 올랐다. 영화 홍보에 소극적이고, 나이가 어린데 열심히 뛰지도 잘 웃지도 않았다는 게 이유였다. 기사에는 댓글이 없지만 기사를 퍼 나른 곳에는 프로그램 진행자와 패널들을 대하는 태도가 건방지다, 표정이 시큰둥하다 같은 악플이 줄줄이 달려 있었다. 이전에 출연했던 드라마 〈연희의 계절〉에서는 극 초반에 연기력 논란에 휩싸였지만 회가 거듭되고 극중인물이 나이가 들어가면서 중년과 노년의 연기를 인상적으로 해냈다는 평가를 받았다. 이십대부터 칠십대 노인까지 소화해낸 미류의 연기에 대한 기사와 사진이 많았다. 영화 홍보를 위한 잡지 인터뷰에서 미류는 드라마 〈연희의 계절〉과 주인공 연희에 대해 더 비중 있게 언급했다. 드라마에서 완전히 빠져나오지 못한 채 영화를 시작한 것 같아 후회된다고 했다.

"진짜 그 인물이 되는 경험이 황홀하면서도 고통스러운 일이라는 걸 연희를 통해 알게 됐어요."

인터뷰 사진 속의 미류는 눈물이 글썽거리는 눈으로 카메라를 바라보고 있었다.

"다시 연희를, 연희 같은 인물을 만날 수 있을까요."

기자는 그런 그녀를 두고 진짜 배우로 태어났다고 표현했지만 영화는 흥행에 실패했고 미류는 대중의 관심에서 밀려났다. 그게 요 몇 달간 일어난 일이었다.

오전에 카페에 온 사장은 손님이 너무 없어서 카페를 이번 달까지만 운영할 거라고 했다. 한숨을 쉴 때마다 팔자주름이 두드러졌다. 미진은 이 아담하고 조용한 카페를 좋아했지만 손님이 너무 없는 건 사실이었다.

미진이 아르바이트를 마치고 들어오자 식탁에 앉아 있던 언니가 이제 제대로 된 직장을 알아볼 때도 되지 않았느냐고 물었다. 나이가 몇 살인데 알바나 하면서 지내느냐며 너무 철이 없다고 쏘아붙였다.

"그래도 아침에 나갔다가 저녁에 들어오는 게 어디냐."

엄마가 미진의 눈치를 살피며 언니를 말렸다.

미진은 방문을 닫고 침대 헤드에 기대앉아 언니의 말과 표정을 머릿속에서 지우기 위해 심호흡을 했다. 밖에서 엄마가 밥 먹으라고 불렀지만 이어폰을 낀 뒤 OTT에 접속해 〈연희의 계절〉을 찾아보았다. 이십대 중반인 미류는 이십대 후반의 연희를 연기했고 드라마 속에서 결혼과 출산을

겨으며 삼십대에서 사십대로 나이 들어갔다. 연희의 시간
은 빠르게 흘렀고 이야기가 진행될수록 미류는 진짜 연희
처럼 보였다. 노인이 된 연희가 인생에서 중요한 것을 잃
은 뒤 창밖을 가만히 내다볼 때, 사랑하는 사람과 헤어지
고 식탁에 앉아 있다가 엎드려 울 때, 딸과 아들의 뒷모습
이 사라질 때까지 바라보다가 뒤돌아설 때, 미진은 그 표
정과 감정이 자신의 마음에 가만히 겹쳐지는 것을 느꼈다.
왜 할머니인 연희의 마음이 이토록 와닿는지, 왜 이토록
기진하고 인생을 다 산 것 같은 기분이 찾아들며 마음속에
쓸쓸한 바람이 부는지 알 수 없었다. 눈물이 흐느낌으로
변해 소리 내어 울면서도 자신이 이렇게까지 슬퍼하며 울
음을 멈추지 못하는 이유를 모르겠다고 생각했다.

드라마를 다 본 뒤에도 노인이 된 연희가 천천히 죽음을
맞이하던 순간과 주름진 얼굴 위에 내려앉던 각별한 평온
함이 마음에 오래 남았다. 연희의 죽음은 삶의 끝을 거부
하고 저항하면서 마무리되지 않았다. 모든 감각과 감정이
볼륨을 줄이듯 서서히 작아지다가 마침내 고요해지는 것

에 가까웠다. 노트북의 전원을 끄고 나니 새벽이었다.

　오후에 미류가 다시 카페 문을 열고 들어왔을 때 미진
은 드라마 캐릭터였던 연희가 미류의 몸으로 살아 움직이
는 모습에 조용히 전율했다. 주문을 받으면서 자신의 마음
에 번져가는 활력을 들키지 않으려고 애썼다. 미류는 지친
듯한 표정으로 자리에 앉아 뜨거운 커피를 마셨다. 테이블
위 머그잔에서 김이 피어오르는 걸 보며 미진은 미류와 같
은 공간에 머물고 있다는 실감이 났다.

　미류는 이틀에 한 번 평일 오후나 저녁 무렵 카페에 왔
다. 늘 혼자였고 30분쯤 머물며 따뜻한 커피나 허브차를
마셨다. 누구와 통화하거나 만나는 일도 없이 그저 벽을
보며 가만히 앉아 있다가 돌아갔다. 드라마를 본 뒤로 미
류가 연희처럼 느껴졌다. 쓸쓸한 표정이나 느릿한 행동은
이십대 연예인이 아니라 인생의 숱한 순간이 지나가서 돌
아볼 장면이 많은 노인 같았다.

　미류가 가고 난 뒤 카페에 혼자 있을 때 미진은 자신에

대해, 그리고 인터뷰에서 미류가 말했던 몰입에 대해 생각했다. 다른 것에 영향받지 않고 뒤돌아보지 않을 정도로 깊이 빠져드는 감정에 대해 생각하다 보면 카페 밖, 자신을 둘러싼 세상은 지워졌고 뭔가 해볼 수 있겠다는 기분이 들었다.

미진에게는 세상으로부터 숨어버리고 싶은 밤이 많았다. 카페에서 일을 시작한 뒤로 커피머신의 스위치를 끄고 나와 집으로 돌아갈 때면 하루를 잘 마무리했다는 뿌듯함이 종종 마음에 번졌다. 언니의 말이 아니더라도 정상으로 돌아온 것 같은 기분은 미진을 자꾸 그 너머로 보내고 싶어 했다. 그럼 이다음은, 하고 앞날을 그려보는 순간부터 두려움이 몰려왔다. 그런 밤에는 걱정으로 이어진 레일 위를 하염없이 걸었고 아침이 되면 지쳐서 다 그만두고 싶어졌다. 시간은 앞으로 흘러가는데 빠르게 걷는 사람들 사이에 가만히 서 있는 자신은 뒷걸음질 치는 듯 보일 것이다. 그럴 때면 다시 문을 잠그고 드러누워버리고 싶은 충동을 느꼈다. 문밖으로 나가기는 어려워도 잠과 게임 속으로 도망치는 건 쉬웠다.

카페 일은 할 만했지만 출입문 너머의 세계는 여전히 멀고 무섭게 느껴졌다. 사장마저 카페 문을 닫는다니 앞으로 하루를 어떻게 보내야 할지, 다시 방문을 잠그고 잠 속으로 도망쳐버리게 되지는 않을지 겁이 났다. 아침에 알람을 듣고 눈을 뜰 때마다 미진은 그만둬버리고 싶은 마음에 붙잡히지 않으려 애썼다. 점심을 먹은 뒤 커피를 주문하러 오는 단골들의 얼굴과 오후에 잠시 머물다 가는 미류를 생각하며 가까스로 방문을 열고 나갔다. 카페가 문을 닫을 때까지는 완주하고 싶었다.

미류가 거짓말처럼 나타나 커피를 주문했듯이 어느 날 문득 오지 않으리라는 예감이 들었다. 미류를 모르는 척하는 것이 최선의 배려임을 아는데도 가끔 드라마를 잘 봤다고, 다음 연기를 기대한다는 말을 하고 싶은 충동이 일었다. 몇 주 뒤에 카페가 문을 닫으면 마음을 전할 길이 없을 것이다. 아르바이트를 그만두는 날 미류가 온다면 〈연희의 계절〉을 보며 오랜만에 울 수 있었다고 고백하고 싶었다.

미진은 음악을 틀어놓고 매장을 청소했다. 커피를 한잔 마시며 무언가를 기다리는 마음으로 출입문 너머를 바라보았다. 미류가 카페에 안 온 지 이틀이 지났다. 새로운 일을 시작해서 바빠진 걸까. 미류가 이틀에 한 번 정도 카페에 와서 커피를 마시고부터 점심시간이 지나면 창밖을 내다보며 미류가 올지 안 올지 점쳐보곤 했다. 휴대폰으로 미류에 대해 검색하려던 미진은 뉴스 메인 화면에 떠 있는 미류의 사망 소식을 보았다. 기사가 올라온 지 5분밖에 되지 않았다. 며칠 전부터 연락이 안 닿아서 자택으로 찾아간 매니저가 그녀를 발견했다고 적혀 있었다. 친한 동료 배우들도 최근 몇 달 동안 본 적이 없어서 외출을 전혀 하지 않았던 것 같다고 했다. 뉴스에서는 그녀가 차기작을 준비 중이었으나 최근 영화의 흥행 실패로 비관하고 있었다는 소식도 전했다.

　미진은 미류의 죽음에 대한 기사를 하나씩 읽어보았다. 새롭거나 다른 내용은 없고 비슷한 말만 반복되었다. 이틀 전 오후에 늘 앉던 테이블에서 아메리카노를 마시던 미류는 평소와 비슷해 보였다. 다른 점이 있다면 잔을 반납하며 커피를 잘 마셨다는 인사를 건넸다는 정도였다. 그 말에 미진은 미류의 연기가 정말 인상적이었으며 연희가 죽던 순간을 자주 떠올린다고 말하고 싶었지만, 당황해서 "고맙습니다, 안녕히 가세요"라고만 대답했다. 카페가 문을 닫을 때까지 2주 정도 남았으니 마음을 전할 기회가 있으리라 기대했다.

유서를 남기지 않은 그녀의 죽음을 두고 미디어에서는 다양한 추측을 했다. 미진은 기사 내용이나 사람들의 말도 맞겠지만 그게 전부는 아닐 거라고 생각했다. 미류의 죽음이 '실패'와 '비관'이라는 단어에만 갇히지 않기를 바랐다.

집에 돌아온 미진은 〈연희의 계절〉을 처음부터 다시 보았다. 이십대의 미류가 나이 들어 중년이 되고 노인이 되어가는 모습에 집중했다. 미류의 표정과 눈 속에 인생에 대한 회한과 관조가 담겨 있었다. 이미 아는 내용, 결말인데도 누군가가 죽어가는 장면은 여전히 슬펐다. 눈을 감는 연희를 보며 미진은 베개에 얼굴을 묻은 채 조용히 울었다. 왜 그런 선택을 했는지 영영 알 수 없을 테지만 미류가 스스로 삶을 끝냈다고 결말을 짓는 것보다 그녀가 자신의 인생을 다 산 뒤 다른 곳으로 갔다고 믿고 싶어졌다.

아침에 미진은 사장에게 못 나갈 것 같다고 메시지를 보냈다. 눈은 퉁퉁 부었고 침대에서 일어나 문을 열고 나갈 힘이 없었다. 잠시 후 마지막으로 얼굴 보며 과일주스나 한잔 마시자는 답장이 왔다.

사장은 미진에게 생딸기를 직접 갈아주며 그동안 일해주어 고맙다는 인사를 건넸다. 더 버텨보고 싶었는데 이쯤에서 다음으로 넘어가는 게 현명할 것 같다고, 손해를 봤지만 원하던 카페를 해봤으니 공부가 되었다고, 자신은 그것으로 충분하다고 했다.

딸기주스를 마시며 미진은 사장의 말을 곱씹었다. 그리고 카페에서 일한 석 달의 시간과 자신의 삶에 짧게 왔다 간 사람들을 떠올렸다. 카페의 문을 열고 나간 뒤 어디로 가서 무얼 해야 할지는 여전히 알 수 없었다. 다만 자리 잡

지 못한 자신의 두려운 마음이 아직 시행착오를 할 기회가
무수히 남았다는 증거처럼 생각되었다.

• 『2의 세계』(고요한 외 6인 지음, 앤드, 2022)에 발표한 단편 「다음이 있다면」의
일부를 개고하였음을 밝힙니다.

보내는 마음

펜션으로 가는 도로와 골목은 그대로였다. 몇 번 들른 적 있는 브런치 카페와 생선구이집도 그 자리에 있었다. 펜션의 정원 입구에는 나무로 만든 개집이 놓여 있었다. 커다란 개 한 마리가 그 옆에 엎드려 있다가 사람이 들어서는 걸 보고 잠깐 고개를 들었다. 1년 전과 달라진 점이라면 그것뿐이었다. 열쇠를 건네는 주인의 머리 길이나 3층 오른쪽 끝 방의 가구 배치도 변함없었다.

인정은 자신의 방에 돌아온 듯한 기분으로 트렁크와 가방을 내려놓았다. 침대와 옷장, 2인용 식탁 겸 탁자, 흔들의자 두 개 역시 기억 속 모습과 같았다. 창문을 열자 바닷

바람이 밀려 들어와 실내 공기를 가만히 휘저었다. 창 아래 정원에는 커다란 개가 쉬고 있고 창 너머로는 하늘과 바다가 먼 데까지 펼쳐져 수평선이 보였다. 밀려왔다가 멀어지는 파도를 보면서 인정은 나무로 만든 흔들의자에 걸터앉았다. 비어 있는 다른 의자의 등받이를 밀어 나란히 흔들리게 했다. 주머니 안에는 버려야 할 것들이 잔뜩 들어 있었다. 눈물을 닦고 난 휴지처럼 둥글고 축축한 상태로 뭉쳐둔 것이었다.

　—정아. 오늘도 좋은 날.

　할머니의 메시지가 도착했다.

　휴가 때 잠깐 들르겠다는 메시지를 보낸 뒤로 할머니는 매일 정아, 오늘도 좋은 날, 이라는 문구를 보냈다. 보내는 시간은 달라지지만 그 뒤에 화려한 컬러의 꽃과 풀, 별, 하트 이모티콘이 따라붙는 건 같았다.

　—제주도에 잘 도착했어요. 오늘 날씨가 좋네요.

　소파에 앉아 창문 너머 하늘과 파도의 움직임을 바라보

왔다. 해가 천천히 서쪽으로 기울어 바다가 붉어지고 있었다. 바다가 보이는 펜션은 육지에도 많지만 휴가 때마다 제주도에 오는 건 할머니가 여기 살기 때문이다.

1년 전에 제주도의 아파트에서 만났던 할머니와 할아버지는 거실 소파에 앉아 있었고 등받이에 몸을 편하게 기댄채 두런두런 얘기를 나누었다. 테이블 위 라디오에서는 음악과 DJ의 목소리가 흘러나왔고 거기에 따라 대화는 끊어졌다가 이어지기를 반복했다. 서울의 주택에서 보았던 액자 속 사진들이 벽과 소파 옆 테이블로 옮겨 와 두 분을 감싸고 있었다. 물건과 구도가 그대로인데도 서울의 주택과 제주도의 아파트는 완전히 다른 공간처럼 보였다. 두 분이 제주도에 정착한 지 5년이 지났고 휴가 때마다 들렀는데도 할머니 집, 하면 어릴 때 엄마와 갔던 오래된 단독주택이 떠올랐다.

—할머니도 좋은 하루 보내세요. 곧 놀러 갈게요.

할머니에게 메시지를 보낸 뒤 바다를 보러 펜션 밖으로 나섰다. 자리를 옮겨 앉은 개가 먼 데를 보며 꼬리를 천천히 흔들었다. 인정이 가까이 다가가도 놀라거나 경계하지 않았다. 인정은 옆에 서서 개의 눈길이 향한 쪽을 바라보았다. 거긴 그저 집 몇 채와 바다가 있을 뿐이었다. 노을 지는 풍경이 개의 마음을 평화롭게 하는 걸까. 인정은 바다를 한 번, 개를 한 번 쳐다보았다. 아래로 처진 개의 커다란 눈이 순하고 촉촉했다. 등을 쓰다듬자 부드러운 털과 온기 너머로 단단한 뼈가 느껴졌다.

정아, 언제 올 거니, 라는 메시지에 눈을 떴다. 펜션 주인의 조식 어떻게 할까요, 라는 메시지는 한 시간 전에 도착했고 조식 제공 시간에서 30분이나 지나 있었다. 시간과 상관없이 뭔가 먹고 싶은 기분이 아니었다. 할머니의 메시지에 붙은 강아지 이모티콘이 가까이 오라고 계속해서 손짓했다. 휴가 때 제주도에 오면 할머니는 아파트에 손님방이 있으니 거기에서 지내라고 했다. 생각해볼게요, 라고 대답한 뒤 늘 숙소를 따로 예약했다. 할머니는 방값이 아깝다고 했지만 그때는 동행인 재현이 있기도 했고, 어른이 되었는데도 폐를 끼치는 게 예의가 아닌 것 같았다. 그런 방식은 필요할 때만 가방을 챙겨서 할머니 집에 찾아가던 엄마를 떠오르게 했다.

인정이 초등학교에 입학할 무렵부터 엄마는 아빠와 심하게 싸우고 나면 인정을 데리고 할머니 집으로 갔다. 석 달에 한 번 정도였고 그때마다 양쪽 어깨에 커다란 가방을 멘 채 인정의 손을 잡고 도망치듯 걸었다. 엄마는 오래된 주택의 검은색 철제 대문 앞에서 다급하게 초인종을 눌렀고 마당을 지나 현관문까지 가는 동안 숨을 거칠게 몰아쉬었다. 이모, 하고 들어가서 현관에 가방 하나를 내려놓고는 늦지 않게 올게요, 하며 인정을 할머니 손에 맡겼다. 엄마는 어깨에 멘 나머지 가방 하나를 추켜올리며 어색하게 웃었고 폐를 끼쳐 죄송하다고 했다. 할머니는 염려 말라며 고개를 여러 번 끄덕거렸다. 엄마가 나가면 인정은 밖의 철제 대문이 닫히고 발소리가 완전히 들리지 않을 때까지 현관문 앞에 서 있었다. 엄마가 오지 않으리라는 것이 확실해진 뒤에야 옆에 서 있는 할머니를 올려다보았다. 할머니는 간식 먹자, 하면서 인정의 손을 잡아끌었다.

바닥과 벽이 나무로 둘러싸인 그 집 특유의 냄새를 맡으며 거실로 가는 동안 인정은 천천히 마음을 회복했고 벽에 걸린 액자들을 둘러보며 새로 추가된 사진이 있는지 살펴보았다. 그 순간에는 기대감으로 가슴이 두근거렸다. 할머니 집에는 중요한 시기를 지날 때마다 액자가 늘어났는데 그때의 인정은 가족들의 사진을 벽에 걸어둔 집은 화목할 거라고 믿었다. 당연히 엄마나 인정의 사진은 거기 없었다. 한 다리 건너였으니까. 이모할머니를 할머니라고 부른다고 진짜 손녀가 되는 건 아니었다. 사진을 모두 확인한 뒤 소파 끄트머리에 앉아 있으면 할머니가 간식을 담은 접시를 들고 왔다. 할머니는 이 사진 봤니? 하면서 새로운 사진에 대해 설명해주었고 너 안 온 사이에 별일이 다 있었다, 하면서 모아두었던 재미있는 사연을 들려주었다. 얘기를 듣는 동안에는 가버린 엄마나 한 다리 건너 같은 생각을 잊었다.

엄마가 자신의 가방을 들고 어딘가에서 머리를 식히고

삶의 의지를 끌어 올리는 동안 인정은 할머니와 함께 지냈다. 할머니의 딸은 학교 기숙사에 있었고 수입품 관련 사업을 하는 할아버지는 바빠서 집을 자주 비웠기 때문에 큰집에 할머니와 인정, 둘뿐이었다. 할머니는 아침에 일어나면 라디오를 켜고, 저녁이 되면 TV를 잘 때까지 켜두었다. 하루 종일 사람들의 말소리와 노랫소리가 끊이지 않았다. 집에 먹을 게 없다면서 할머니는 고기를 볶고 생선을 굽고 나물을 무쳤다. 카스텔라와 식혜를 만들었다. 할머니와 인정은 끼니때마다 마주 앉아 밥을 한 공기씩 비웠고 드라마를 보며 간식을 먹었다. 할머니는 인정만 오면 살이 찐다며 거실에서 맨손체조를 했다.

할머니는 세수하고 나온 인정의 얼굴을 가만히 들여다보다가 앞머리를 잘라주기도 하고, 손톱을 깎아준 다음 이모 방에서 가져온 화장품 상자를 보여주며 마음에 드는 색을 골라보라고 했다. 그 안에는 색색의 매니큐어가 잔뜩 들어 있었다. 인정은 신중하게 핑크나 오렌지색을 고르고는 손가락을 쭉 폈다. 그러면 할머니가 열 손가락에 차례대로 매니큐어를 발라주었다. 손을 편 채로 매니큐어가 마르기를 기다리는 동안 할머니는 자신의 손에도 같은 색깔 매니큐어를 칠했다. 공기 중에 달콤하면서도 시큼한 냄새가 떠다녔다. 할머니와 인정은 양손을 펼친 채 마주 보며 웃었다.

시간이 흐를수록 속옷과 양말, 옷으로 꽉 찼던 가방은 가벼워지고 할머니와 같이 보는 드라마 속 주인공들은 비밀이 탄로 날 위기에 처했다. 엄마는 여벌의 옷이 있을 때 돌아온 적이 없었다. 인정은 가방이 비지 않고 매니큐어가 지워지지 않고 드라마가 계속 이어지기를 바랐다. 가방이 텅 비면 할머니는 빨래한 옷들을 개어 다시 가방 안에 넣어주었고 매니큐어 칠이 벗겨진 손을 쭉 펴면 그 위에 다른 색을 발라주었다. 보름쯤 지나면 인정은 엄마가 데리러 오지 않으면 어떻게 될까, 상상해보았다.

엄마가 인정을 할머니 집에 맡기는 건 중학교 2학년 여름방학 때까지 이어졌다. 그 뒤로는 명절이나 가족 행사 때만 할머니를 볼 수 있었다. 식당이나 바깥에서 만나도 할머니는 인정을 보고 활짝 웃었다. 잘 지내는지, 학교생활은 어떤지 물었지만 아빠와 헤어지고 엄마와 둘이 사는 것에 대해서는 묻지 않았다. 그것에 대해 얘기하고 싶은지 아닌지 스스로도 알 수 없었다. 할머니가 눈썹을 한번 치켜올린 다음 그동안 모아두었던 재미있는 이야기를 들려줄 때면 오랜만이라는 사실을 잊었고 아무 일도 일어나지 않았던 것 같았다. 헤어질 때 할머니는 용돈을 꼭 쥐여주며 혼자라도 놀러 오라고 했다. 그러나 할머니의 오래된 주택에 혼자 간 적은 없었다. 삶에 대한 점착력이 희미해질 때마다 검은색 철제 대문의 초인종을 누르고 싶었지만 가방에 옷을 챙기다가 그만두었다.

할머니의 딸이자 엄마의 사촌, 비어 있던 방의 주인공은 결혼하고 아이를 낳은 뒤 외국으로 이민 갔다. 같이 갈지 고민하던 할머니는 말이 통하지 않는 곳에서는 못 살 것 같다며 포기했다. 할아버지의 몸이 약해지고 기억력에 문제가 생기면서 두 분은 제주도로 거처를 옮겼다. 그게 5년 전이었다.

할머니가 제주도에서 살게 된 뒤로 인정은 종종 제주도를 찾았다. 휴가 때가 아니어도 사는 게 무겁고 불면증이 심해지면 제주도행 티켓을 예매했다. 대체로 재현과 함께였지만 혼자 훌쩍 가서 바닷가에서 시간을 보내거나 밥을 든든히 챙겨 먹은 뒤 올레길을 걷기도 했다. 나뭇잎들이 바람에 흔들리는 풍경을 둘러보고 나뭇잎 사이로 하늘을 올려다보며 주머니 안에 쑤셔 넣었던 것들을 만지작거렸다. 상사의 질책과 팀원의 불만, 갈팡질팡하는 재현의 마음 따위가 껌 종이나 사탕 껍질처럼 작게 구겨져 있었다. 몸이 가벼워질 때까지 걸으며 그것들을 하나씩 발밑에 버렸다. 땅에 떨어진 것들은 돌멩이나 부러진 나뭇가지, 낙엽처럼 변했다. 펜션에 돌아오면 뜨거운 물로 샤워한 뒤 맥주를 마셨다. 휴가의 마지막 날쯤 할머니 집에 가서 사진을 구경하고 그동안 쌓인 이야기를 나누었다. 그러면 주머니가 가뿐해지고 한동안 살아갈 힘이 생겼다.

렌터카를 타고 달리는 동안 창밖으로 평일의 제주도 풍

경이 펼쳐졌다. 할머니의 아파트로 가는 길은 그대로인데 몇몇 상점들의 간판이 바뀌었다. 706호 현관문은 조금 열려 있었다. 현관에는 신발 두 켤레가 놓여 있고 실내가 조용했다. 인정은 조심스럽게 할머니를 부르며 열린 문틈으로 집 안을 들여다보았다. 앞치마를 두른 중년 여자가 나와서 문을 열어주었다.

"어, 손녀분 오셨네. 들어와요."

중년 여자는 식탁 위 소독 젤을 짜서 손에 문지르며 자신을 간병인이라고 소개했다. 할아버지의 상태가 작년보다 더 안 좋아진 모양이었다. 낯익은 가구들이 배치되어 있는 집 안으로 들어가는 동안 공기가 조금 달라졌다는 느낌을 받았다. 간병인이 할아버지는 병원에 계시고 할머니는 낮잠을 자는 중이라고 했다. 턱짓으로 안방 문을 한번 가리켰다.

소파에 앉기 전에 인정은 벽에 걸린 액자들을 둘러보았다. 오래전 주택에서만큼은 아니지만 할머니네 집으로 들어갈 때면 여전히 기대하는 마음으로 액자들을 유심히 살폈다. 이모가 결혼한 뒤로 할머니 집의 액자는 꾸준히 늘어났다. 인생의 시간이 흐를수록 기념할 만한 일들은 끊임없이 생기니 새로운 사진이 등장하는 건 당연했다. 테이블 위에 놓인 이모 부부의 결혼사진과 가족사진 옆으로 아이의 성장 사진이 있었다. 할머니 할아버지는 딸과 손녀를 보기 위해 종종 비행기를 탔지만 방문이 점차 뜸해졌다. 나이 들어가는 두 분이 비행기를 오래 타기는 무리였다. 너무 멀지요? 시간도 오래 걸리고. 보고 싶은데 자주 볼 수 없는 마음에 대해 물었을 때 할머니는 당신들이 가는 게 도움이 되지 않는다고 했다.

"사실은 방해에 가깝지."

거기엔 거기의 삶이 있는 법이라고 했다.

"여기에는 사진이 있고."

액자들을 둘러보는 할머니의 눈동자가 고요하게 일렁였다. 인정은 그 안에 담긴 마음을 짐작해볼 따름이었다.

그사이 새로운 사진이 하나 더 늘었다. 교복을 입은 손녀는 가족들 사이에 서서 웃고 있었다. 엄마보다 열 살 정도 아래인 이모와 인정보다 스무 살 정도 어린 이모의 딸. 그들은 중요한 가족 모임이 있을 때마다 한국을 방문했다. 친척들이 모여 식사를 하는 동안 인정은 이질적인 발음으로 대화에 동참하는 이모의 가족들을 물끄러미 바라보았다. 실제의 그들보다 사진 속 모습이 더 친근하게 느껴졌다.

간병인은 식탁 의자에, 인정은 거실 소파에 앉은 채로 시간이 흘렀다. 마실 것 좀 줄까요, 라고 묻는 간병인에게 인정은 괜찮다고 대답했다. 적요함 속에서 라디오 소리가 들리지 않는다는 걸 깨달았다. 할머니가 언제 일어날까, 생각하며 어릴 적 할머니 집에서 지냈던 시간을 떠올렸다. 할머니는 낮잠을 자는 법이 없었고 자는 시간을 아까워했다. 금방 온다던 엄마는 매번 보름쯤 지난 뒤에야 검은색 철제 대문의 초인종을 눌렀다. 어떤 때는 홀가분한 얼굴로 어떤 때는 퉁퉁 붓거나 더 의기소침해진 얼굴로 들어와 할머니 맞은편에 앉았다. 할머니가 어떻게 지냈느냐고 물어보면 엄마는 그냥 여기저기 돌아다녔다고 할 뿐이었다. 머리가 너무 복잡해서요. 그 말을 할 때 엄마는 인상을 쓰며 손으로 이마를 짚었다. 엄마가 움직일 때마다 옷과 머리카락에서 술 냄새가 희미하게 풍겼다. 두 사람이 소파나 식탁 의자에 앉아 얘기하면 인정은 옆에서 책을 읽는 척했다. 엄마는 할머니에게 결혼 생활의 고통과 그만둔 공부에 대한 미련을 털어놓았다. 울먹이느라 말들이 입안에서 뭉개지고 코와 눈이 붉어졌다.

"죄송해요. 늘 와서 귀찮게만 하고⋯⋯. 올 데가 여기밖에 없어요."

할머니는 엄마가 티슈로 눈물과 콧물을 깨끗이 닦아낼 때까지 묵묵히 들어주었고 엄마가 감정을 추스르면 어깨와 등을 가볍게 토닥거렸다.

"힘들 때는 좀 떨어져 지내는 것도 괜찮아."

그 말이 무슨 뜻인지 모르면서 인정은 할머니의 말이 옳다고 생각했다.

간병인이 제주에는 자주 오느냐고 물었다. 할머니가 며칠 전부터 나를 기다렸고 우리가 주고받은 메시지도 보여주었다고 했다. 작년에는 친구분들도 종종 놀러 왔는데 올해는 찾아오는 사람이 없어서 할머니가 적적해하신다고 덧붙였다.

"얘기하는 거 좋아하는 분이라 사람을 그리워해요."

간병인은 일주일에 세 번, 격일로 방문하는데 할머니가 계속 따라다니며 말을 건다고 설명했다. 할아버지는 대화를 나누기 어려울 정도로 상태가 나빠진 것 같았다. 간병인이 오지 않는 날에 할머니는 외롭고 고단하겠구나 싶었다.

"제일 친한 손녀가 놀러 온다고 자랑 많이 하셨어요."

'제일 친한 손녀'라는 말이 머리 위에서 발끝으로 천천히 흘러내렸다. 인정은 할머니가 자신을 좋아한다고 믿으면서도 기다릴 거라는 생각은 해본 적이 없었다.

간병인이 요즘 할머니도, 하면서 얘기를 꺼내려는데 방문이 열리고 잠에서 깬 할머니가 나왔다. 얇은 카디건을 걸친 할머니는 두 손으로 천천히 머리를 매만졌다. 꿈과 현실을 가늠하는 듯한 표정이었다. 인정은 백발에 가까워진 할머니의 단발머리를 낯설게 바라보았다. 할머니는 늘 염색을 했기 때문에 할아버지의 상태가 안 좋아진 뒤에도 늙었다는 느낌은 들지 않았다. 1년 만에 만난 할머니는 시간 속을 빠르게 지나온 것 같았다. 광대뼈와 손등 위의 검버섯도 도드라져 보였다.

할머니는 소파 끝에 앉더니 머리를 뒤로 기댔다.

"오랜만에 꿈을 꿨네."

간병인이 이부자리를 정리하러 들어가자 할머니는 벽에 걸린 사진들을 둘러보았다. 왜 그런 꿈 있잖니. 너무 생생해서 진짜 같은 꿈. 할머니는 자식을 키우던 시절이나 서울 생활, 할아버지와 제주도에 내려온 것까지, 살면서 겪은 이런저런 일들이 모두 꿈인 것 같다고 했다.

"이건 꿈이 아니지?"

할머니가 인정을 보며 소리 없이 웃었다. 인정이 웃으며 할머니의 손을 잡자 할머니가 그 위에 손을 하나 더 보탰다.

"네가 오니 좋구나."

그렇게 손을 맞잡고 웃으니 지난 1년의 시간이 후루룩 접히는 기분이었다.

할머니는 거실을 둘러보다가 간병인에게 물었다.

"이 양반 어디 갔지요?"

"병원에 계시잖아요."

"아, 그렇지."

할머니가 고개를 몇 번 끄덕거리더니 지금이 몇 시인지 궁금해했다. 2시라는 말을 듣고는 오늘 길게 잤네, 아직도 꿈속 같아, 하며 요즘은 하루가 너무 짧다고 혼잣말처럼 읊조렸다.

할머니가 리모컨으로 오디오를 켰다. 첼로 선율이 거실에 퍼져나갔다. 인정과 할머니는 지난 1년 동안 어떻게 지냈는지 이야기했다. 인정에게도 이상한 1년이었다. 인정은 마음이 변한 재현에 대해 털어놓는 대신 야근과 팀원들 얘기를 했다. 재현 때문에 일과 관련해서 거의 고통받지 않았다는 사실이 새삼스러웠다. 인정은 할머니에게 밤이면 자꾸 술을 마시게 된다고, 그래야 기분이 나아지고 잠들

수 있다고 말했다. 엄마처럼 될까 봐 무서운데 멈출 수가 없어요. 할머니가 고개를 천천히 끄덕거렸다.

"맨정신으로 살기 힘들지."

할머니가 인정의 얼굴을 바라보았다.

"그런데 술 마신 다음 날은 더 힘들잖니."

인정이 웃자 할머니도 소리 내어 웃었다.

"네가 아홉 살 때 구구단 외우는 게 힘들다면서 울었어. 7단이랑 8단이 안 외워진다고. 우리 딸도 그랬거든. 몇 년 전에는 우리 손녀도 구구단 얘기를 하더구나. 그런데 지금은 아무도 구구단 얘기를 안 해. 지나면 별거 아니니까."

할머니는 작년 한 해 동안 어리둥절한 상태로 지냈다고 했다. 할아버지의 상태는 계속 안 좋아지고 놀러 오겠다던 딸과 손녀의 방문은 연달아 미뤄졌다. 만남은 봄에서 여름, 여름에서 연말, 다시 새해로 연기되었고 할머니는 애가 탔다. 이번 봄에는 만나게 될 줄 알았는데 마음대로 되는 게 없구나. 손녀를 지금까지 열 번도 못 만났을 거야. 늘 사진으로만 봤지. 할머니는 벽에 걸린 사진들 쪽으로 고개를 돌렸다. 왜 사진뿐이지, 의아해하는 것 같기도 하고 어쩔 수 없다고 체념하는 것 같기도 했다.

"네 얼굴을 보니까 참 좋다."

같이 있는 순간에는 언제나 '차선'이나 '대신'이라는 느낌이 들지 않았다.

아홉 살 여름방학 때 할머니는 옆에서 곡조를 붙여가며 구구단 암송을 도와주었고 한 단을 외우고 나면 땅콩카라멜을 하나씩 꺼내주었다. 지금도 구구단을 떠올리면 땅콩카라멜의 달콤한 맛이 입안에 고였다.

간병인이 내온 뜨거운 생강차를 마시며 인정은 할머니와 옛날얘기를 좀 더 나누었다. 거실 벽을 채운 액자들과 그 아래 소파에 앉아 있는 할머니가 하나의 풍경처럼 보였다. 사진들이 할머니의 삶을 지나갔고 할머니도 그 사진들을 지나 여기까지 왔다. 인정은 언제나 할머니 집의 거실 벽에 자신의 사진이 걸리기를 바랐다.

"네 엄마가 살아 있으면 좋았을 텐데."

할머니는 첫 조카인 엄마를 얼마나 아꼈는지 얘기했다.

힘든 일이 있을 때만 찾아와서 속상했지. 그래도 얼굴을 볼 수 있어서 좋았어. 차를 한 잔 더 마시자, 하면서 할머니는 잠시 식탁을 응시했다. 이 양반이 어딜 갔지요? 하고 간병인에게 물었다. 병원 얘기에 이제 생각났다는 듯 고개를 끄덕거렸다. 할아버지가 요양병원에서 지낸다는 사실을 여전히 받아들이기 힘들다고 했다. 할머니는 무슨 말인가 더 하려다 인정을 바라보았다.

"네가 오니까 참 좋구나."

그 말은 다시 들어도 좋았다. 할머니는 하품을 길게 하더니 오늘 낮잠을 안 자서 피곤하다며 방으로 들어갔다.

현관문까지 따라 나온 간병인이 할아버지가 요양병원으로 가신 지 몇 달 되었다고 했다. 작년 말에 딸이 와서 병원도 알아보고 그때부터 할머니도 치료를 받기 시작했다고. 다음 달부터는 자기가 매일 오게 될 거라고 덧붙였다. 그녀는 인정이 상황을 다 알고 있는 줄 알았다며 미안해했다.

할머니 집에서 나오자 술 생각이 간절해졌다. 할머니의 기억력은 언제 저만치 떠밀려 간 걸까. 인정은 할머니의 상태에 대해 비관하지 않으려고 애썼다.

펜션 주소를 입력한 뒤 차를 출발시켰다. 돌담과 나무가 이어지는 해변을 지나는 동안 하늘이 도로를 감싸안은 것처럼 가깝게 느껴졌다. 신호에 걸려 멈춰 서 있는데 길 건너편 건물에 나부끼는 사진 전시회 플래카드가 눈에 띄었다. 오래된 건물을 카페로 개조한 모양으로 낡은 외관이 멋스러웠다.

인정은 숙소 근처 생선구이집에서 이른 저녁을 먹으며 소주를 한 병 마셨다. 마트에 들러 물과 소주, 맥주와 안주 등속을 골랐다. 마실 거리가 출렁거리는 봉투를 들고 펜션까지 걸어왔다. 개는 자기 집 앞에 놓인 사료를 먹고 있었다. 인정은 소파에 앉아 맥주를 마시며 어떤 영화를 볼지 천천히 골랐다. 불을 끄니 창 너머가 깜깜했다. 숙소 앞 가로등 너머로 멀리 있는 바다를 오가는 흰 파도만 희미하게 비쳤다. 인정은 영화를 틀어둔 채 창밖의 밤이 깊어지며 새벽으로 변해가는 풍경을 바라보았다.

  늦게까지 자고 일어났더니 식당에 조식 챙겨두었습니다, 라는 메시지가 도착해 있었다. 이번 휴가 때 인정은 매번 조식을 놓쳤다. 새벽까지 깨어 있었고 겨우 잠들면 숙취 탓에 일어나기가 힘들었다. 그다지 허기가 느껴지지 않아 끼니를 대부분 샌드위치로 때웠다. 1층 식당에 내려가니 테이블 위에 따로 챙겨둔 토스트와 치즈, 잼, 우유와 과일 접시가 놓여 있었다. 식당 내부는 1년 전 그대로인데 벽 여기저기에 개를 찍은 사진이 걸려 있었다. 주인 여자는 정원에서 개에게 사료를 준 뒤 몸을 부드럽게 쓰다듬었고 개가 자신의 반려인을 쳐다보며 꼬리를 가볍게 흔들었다. 인정은 빵에 잼을 바르며 개와 여자가 교감을 주고받는 모습을 바라보았다. 식당 문을 열고 들어온 주인이 싱크대에서 손을 씻으며 인사를 건넸다. 인정은 개에 대해 몇 가지 물어보았다. 그건 개에 대한 것이기도 했지만 그대로인 것과 변한 것에 대한 질문이기도 했다. 주인 여자는 마른 수

건으로 그릇의 물기를 닦으며 반년 전에 펜션을 정리하려 했었다는 이야기를 꺼냈다.

"제가 많이 아팠거든요."

근처에 좋은 숙소들이 늘고 몸까지 아프니 의욕이 완전히 사라졌다는 것이다. 친구의 부탁으로 개를 임시 보호하게 되었는데 그러다 보니 살아야겠다는 마음이 차츰 생겼다고 했다. 그 덕분에 펜션을 계속할 수 있었다고 털어놓았다.

"토리도 여기를 좋아하는 것 같고요."

주인 여자의 눈길이 창밖의 개를 향했다. 개는 얌전히 앉아서 어딘가 또 먼 데를 보고 있었다.

"오늘도 올레길 가세요?"

인정은 그럴 것 같다고 대답했다. 여자가 날이 흐려서 비가 올지 모른다며 어제 도로에서 본 플래카드에 적혀 있던 전시회 제목을 꺼냈다.

"근처 카페에서 하는데 볼만해요. 오늘까지니까 시간되면 들러보세요."

인정은 방에 돌아와 전시회 관람 시간을 검색했다. 하늘이 차분하게 가라앉아 걷기 좋은 날씨였다. 올레길과 전시회 사이에서 고민하는데 할머니의 메시지가 도착했다.

—정아. 오늘도 좋은 날. 오늘 올래.

메시지는 처음인 것처럼 물었고 인정은 잠시 망설이다가 처음 받은 것처럼 답을 보냈다.

—오늘 갈게요.

인정에게는 할머니의 다정한 보살핌에 대한 마음의 빚이 있었다.

706호의 현관문을 열어주며 할머니는 이게 얼마 만이냐, 하고 반가워했다. 인정은 백발의 단발머리를 친근하게 바라보았다. 할머니와 소파에 앉아 이상하게 지나간 1년을 다시 이야기했다. 할머니는 새로운 사진에 대한 설명도 잊지 않았고 고개를 돌려 벽에 걸린 액자들을 바라보며 어제처럼 감회에 젖었다. 뜨거운 생강차를 마시며 옛날이야기를 나누는 동안 어제와 비슷한 대화가 오갔다. 단지 인정의 마음만 조금 달라졌다.

할머니는 어제 인정을 만나는 꿈을 꾸었다고 했다. 얼굴이 추워 보여서 걱정했는데 괜찮은 것 같아 마음이 놓인다며 웃었다. 인정은 할머니에게 재현이 떠난 얘기를 털어놓았다. 제주에서는 재현이 예전에 보낸 메시지를 반복해서 읽거나 사진과 동영상을 멀거니 들여다보지 말자고 다짐했는데 낮에는 올레길을 걷고 바다를 보며 멀쩡하게 지내다가도 밤이 되면 다시 재현의 얼굴을 보고 목소리를 찾아 들었다. 그때마다 감정에 물결이 일어 즉흥적으로 메시지 창을 열거나 통화 버튼을 노려보았다. 재현은 다른 사람에게 갔고 자신도 멀리 떠나왔는데 왜 미련은 이토록 가까이까지 단숨에 밀려오는지. 도망치는데도 발이 고스란히 젖는 기분이었다.

"지나가야 하는데, 잊는 게 왜 이렇게 힘든지 모르겠어요."

가만히 듣고 있던 할머니가 그것 참 고약하구나, 했다.

"요즘은 네 엄마 생각이 자주 나. 힘들면 나를 찾아왔잖니."

엄마가 어깨에 메고 있던 짐이 잔뜩 든 가방 두 개가 떠올랐다. 엄마는 흘러내리는 가방끈을 추켜올리며 열심히 걸어갔고 뒤를 돌아보며 어색하게 웃었다.

"개가 통 안 오는 걸 보니 요즘은 지내기가 괜찮은가 봐."

인정은 할머니 어깨에 이마를 댔다. 할머니가 등을 가만히 쓰다듬었다. 정아. 조금만 더 기다려보자. 엄마 금방 올 거다.

할머니 집에서 나와 차 안에 한참 앉아 있었다. 어디로 갈까 고민하다가 펜션 주인이 알려주었던 전시회 장소의 주소를 입력했다. 멀리 있는 타인들, 사진작가가 기록한 사람들의 얼굴을 들여다보고 싶었다.

목적지에 도착하자 한쪽 벽면이 붉은색 이미지로 덮인 건물이 나타났다. 차를 세운 뒤 벽면의 이미지와 문구, 정면의 플래카드를 보았다. 카페 옆 건물에서 사진전이 열린다는 안내가 붙어 있었다.

일반적인 갤러리와 달리 사진이 걸려 있는 콘크리트 벽 가운데가 뚫려 있어 관람 방향이 자유로웠다. 인정은 널따

란 벽을 따라 걸으며 여러 작가의 작품을 보다가 버스에 앉아 정면을 응시하는 젊은 여자의 사진 앞에서 멈췄다. 배경은 최소화하고 인물의 표정이 전면에 드러났다. 여자는 앞좌석 등받이를 손으로 꼭 잡았고 손질이 잘된 긴 손톱에는 매니큐어가 칠해져 있었다. 붉은색 머리 위에 선글라스까지 얹어서 멋쟁이처럼 보였다. 어딘가로 떠나려는지 일렁이는 눈동자와 꾹 다문 입술에서 긴장감이 느껴졌다.

그다음에 유심히 본 건 나무 서랍장 앞에 선 노인의 모습이었다. 어깨에 자줏빛 숄을 두른 노인은 주름이 깊게 새겨진 뺨을 두 손으로 감싼 채 고개를 살짝 숙이고 있었다. 어떤 소식을 들었는지 무슨 생각이 떠올랐는지 표정이 심각했다. 노인의 마음에 불안이 번져가고 있음이 느껴졌다. 걸음을 옮기며 인정은 다른 사진들에서도 여러 얼굴과 다양한 표정을 보았다. 타인들의 얼굴 사이에 한참 서 있었다.

사진의 설명을 읽으며 자신이 본 얼굴들이 분쟁지역에

서 사는 사람들, 재개발로 밀려나거나 거대한 산불로 삶의 터전이 사라진 사람들의 얼굴임을 알게 되었다. 감당하기 어려운 비극을 겪은 사람들의 얼굴에는 많은 흔적이 남아 있었다. 절규나 두려움, 허탈함만은 아니었다. 그들이 무엇을 붙잡았고 무엇이 그들을 지탱해주었는지, 어떻게 삶을 무수한 감정과 표정으로 마주할 수 있게 되었는지 궁금했다.

마지막으로 인정은 기하학적인 무늬의 티셔츠를 입은 백발 할머니 사진 앞에 오래 서 있었다. 할머니는 두 팔을 엇갈려 오른손은 왼쪽 어깨에, 왼손은 오른쪽 가슴에 댄 채 눈을 감고 있었다. 엉성하게 팔짱을 낀 것 같기도 하고 자신을 가만히 안아주는 것처럼 보이기도 했다. 눈을 감은 채 살짝 벌린 입은 감탄하는 건지 흐느끼는 건지 조용히 감정을 삼키는 건지 알 수 없었다.

인정의 눈길이 머문 사람들은 사진 속에서 팔을 늘어뜨리고 있는 법이 없었다. 그들은 버스 의자의 손잡이나 자신의 얼굴과 몸이라도 잡고 있었다. 의지할 것 없는 세계에서 무어라도 부여잡고 고요히 자신을 끌어안은 사람들. 많은 것을 잃었지만 다 잃지 않은 사람들의 얼굴이 거기 있었다. 이곳에 할머니의 사진이 걸린다면 어떤 모습, 어떤 표정일까. 인정은 분명 그 사진 앞에 오래 서 있을 것이다.

카페 뒷문으로 나가자 해변과 바다가 보였다. 제주는 지역에 따라 바다와 모래와 돌의 색이 달랐다. 이곳 해변은 파도가 지나가고 나면 매끈해진 돌들이 햇빛 아래 검게 빛났다. 인정은 바위에 걸터앉아 파도가 밀려왔다 돌 사이로 빠져나가는 걸 보았다. 발밑의 현무암은 울퉁불퉁하고 무거워 보이는데 막상 들면 가볍고 구멍이 숭숭 뚫려 있었다. 지금까지 같은 파도는 한 번도 없었고 파도가 없는 바다도 존재하지 않았을 것이다.

낮게 가라앉은 하늘에서 무언가 쏟아질 듯했다. 모처럼 허기가 저서 근처 식당을 검색했다. 혼자 가서 먹기 좋은 식당, 한 끼 식사만으로도 기분이 좋아지는 곳이라고 소개해놓은 이탈리안 레스토랑이 있어 예약한 뒤 목적지로 정했다.

레스토랑에 도착하니 창가 쪽 테이블에 1인용 커트러리가 세팅되어 있었다. 샐러드와 스파게티를 주문한 인정은 창밖을 내다보았다. 이리저리 뻗어나가는 나뭇가지와 그 가지에 매달린 초록색 나뭇잎들이 보였다. 수십 장의 잎사귀가 바람에 천천히 흔들리는 모습이 액자에 담긴 그림 같았다. 창문에 사선으로 빗줄기가 지나갔다. 빗줄기는 순식간에 유리를 적신 뒤 바깥 풍경을 흐릿하게 지웠다.

인정은 비에 젖어 희미해진 풍경을 보며 샐러드와 스파게티를 먹었다. 주머니 안에 든 것을 제대로 꺼내보지도 못하고 멀리 내다버리지도 못했다. 그저 축축해진 손을 주머니에 넣은 채 땅을 보며 걸었다. 주머니가 무거운 상태로 할머니를 만나러 가고 전시회에서 사진들을 보았다. 곁에 없는 엄마와 할머니의 얼굴을 생각했다. 자신을 지탱해준 사람들과 자신에게 호의적이었던 세계에 대해. 많은 일이 일어나고 지나간 뒤에도 울지 않던 얼굴에 대해. 혹은 실컷 울고 난 뒤 말갛게 된 얼굴에 대해. 가깝다고 다정한 것도 아니고 멀리 있다고 무정한 것도 아니었다. 인정은 비가 내리는 창 너머의 세계와 창 안의 젖지 않은 테이블, 그리고 그 위에 놓인 자신의 손을 보았다.

비어 있는 손은 가볍지도 무겁지도 않았다. 인정은 두 손을 주머니에 넣은 채 다시 걸을 수 있을 것 같았다.